JN295379

水野 尚
Mizuno Hisashi

言葉の錬金術

ヴィヨン、ランボー、ネルヴァルと近代日本文学

笠間書院

言葉の錬金術◉ヴィヨン、ランボー、ネルヴァルと近代日本文学

はじめに

近代日本文学が形成される上でフランス文学の果たした大きな役割は、すでに多くの研究によって明らかにされている。自然主義にはモーパッサン、ゾラ、メリメ等の影響が色濃く見られ、上田敏、永井荷風、堀口大学等による翻訳は、新たな詩的言語を生み出す原動力となった。その意味で、「日本文学の伝統とは、フランス文学であり、ロシア文学だ。」(「純粋小説論」)という横光利一の言葉は、決して誇張ではない。

小林秀雄が青春時代にランボーと格闘しなかったら、彼の批評は全く別のものになっていたに違いない。中原中也がランボーやヴェルレーヌを知らなければ、どんな詩を書いたのだろうか。太宰治は、なぜヴィヨンという名前を小説の題名に付けたのだろう。こうした疑問だけでも、フランス文学と日本文学の密接なつながりが明らかになる。批評家も詩人も小説家も、フランスの詩人達からの滋養を取り込むことで、自己を養い、豊かな作品を生み出した。

ところで、そうした営みは決して孤立したものではなく、時代性を伴っている。太宰治の「ヴィヨンの妻」と小林秀雄の「ランボオの問題」は『展望』の一九四七（昭和二二）年三月号に掲載された。一見すると全く関係のない二つの作品には、しかし、一つの通奏低音が流れている。太宰と小林という異なった個性でも、終戦後の復興期に際して、再出発という同じパラダイムを内包しているのである。この共通性は、個人が時代から自由でないことを示している。

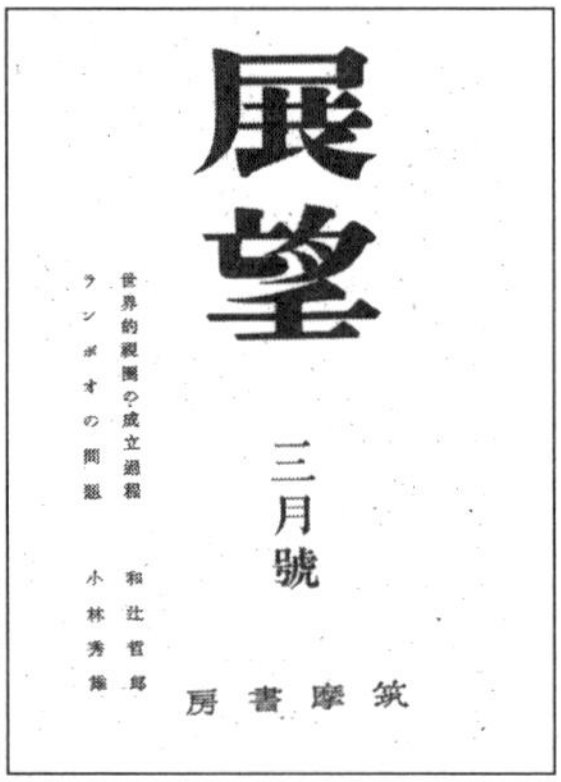
展望
三月號
世界的視圏の成立過程　和辻哲郎
ランボオの問題　小林秀雄
筑摩書房

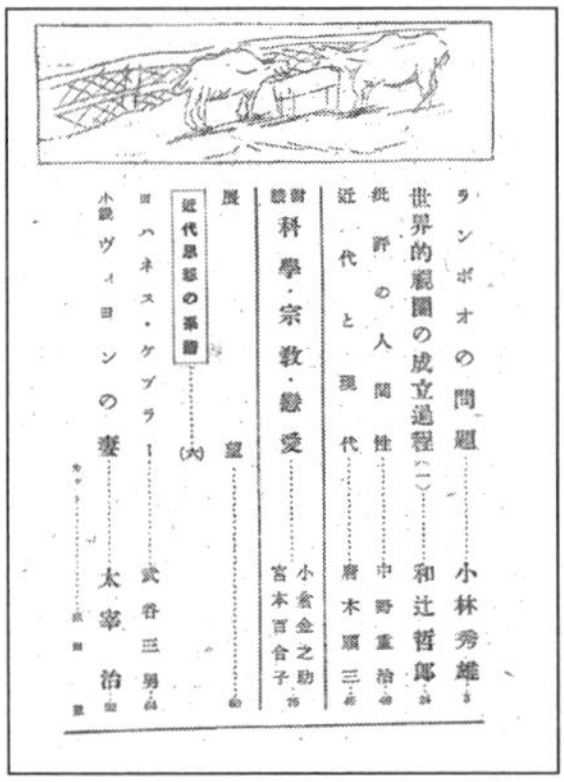
ランボオの問題……小林秀雄 3
世界的視圏の成立過程(一)……和辻哲郎 24
批評の人間性……中野重治 48
近代と現代……唐木順三 65
對談 科學・宗教・戀愛……小倉金之助 宮本百合子 75
展望……60
近代思想の系譜(六)
ヨハネス・ケプラー……武谷三男 64
小説 ヴィヨンの妻……太宰治 92

同時に、一つ一つの言葉や固有名が意味する内容も、時代によって限定され、時代と共に変化する。小林秀雄が一九二六（大正一五）年に発表した最初の論文「人生斫斷《しゃくだん》家アルチュル・ランボオ」と、約二〇年後の「ランボオの問題」において、ランボー観自体には本質的な変化は見られない。しかし、ランボーという固有名が纏う意味（イメージ）は、二つの時代で大きく異なる。その変化の一端を、小林の論文自体が担っているのである。つまり、一つの作品は、時代に制約されながら、時代を変える力を持つ。

本書では、大正末期から始め、「ヴィヨンの妻」と「ランボオの問題」を終着点として、太宰治や小林秀雄だけではなく、富永太郎、芥川龍之介、井伏鱒二、中原中也、石川淳が、三人のフランスの詩人を種子として産み出した果実を味わっていく。

フランソワ・ヴィヨン。中世の詩人でありながら、ボードレールやヴェルレーヌと匹敵する扱いを受け、富永太郎や、芥川龍之介、井伏鱒二が、ヴィヨンを核とする言葉を紡いだ。

アルチュール・ランボー。この魅力的な詩人は、小林秀雄を批評家にしただけではなく、中原中也を詩人にしたともいえる。小林と中原の言葉は、外国文学が近代日本文学を豊かにする上で果たした大きな役割を、鮮やかに描き出す。

ジェラール・ド・ネルヴァル。狂詩人というレッテルを貼られることの多いネルヴァルは、日本ではあまり読まれなかった。しかし、中原中也による解説と翻訳は、中也自身の詩的世界の解明に役立つ。また、石川淳の「山櫻」の導き手となっただけではなく、「様々なる意匠」において表明された小林秀雄的世界観の確立にも貢献した。

この三詩人を坩堝として、七人の創作家達が行った「言葉の錬金術」に立ち会うことは、近代日本文学の一端を知る絶好の機会といえるだろう。

目次

目次

本編◉

フランソワ・ヴィヨンと富永太郎、芥川龍之介、井伏鱒二

フランソワ・ヴィヨンの名前は、太宰治が一九四七（昭和二二）年に発表した「ヴィヨンの妻」を通して、日本でもよく知られている。しかし、それよりも約二〇年ほど前、富永太郎や芥川龍之介、井伏鱒二達も、ヴィヨンという名前あるいは彼の詩句の発する強い詩的喚起力を巧みに用いた作品あるいは断片を生み出していた。ここでは、日本における初期のヴィヨン受容を探りながら、三人の作家のことばの中でヴィヨンが果たした詩的効果について考察していきたい。

辰野隆曰く

フランス文学が日本に移入され始めた初期の段階で、象徴派の詩人達が紹介された。そうした中で、一九世紀後半のボードレール、ヴェルレーヌ、ランボー等と並んで、なぜ一五世紀のフランソワ・ヴィヨンが大詩人として取り上げられたのだろうか。

厨川白村は、一九一二（明治四五）年に出版した『近代文學十講』の中で、「退廃の近代的傾向」に属する詩人にヴィヨンを分類し、「慣習に反抗し、権威に屈せず、鋭く個性を発揮して、憚るところ無く、またその人生に對する熱烈なる愛慕の情に於いて、或は感覺の世界に楽欲を貪り、やがてまた深い絶望悲哀の淵に陥るところなど、彼は全く「近代的」の人であつたと云える。▼注1」としている。また、大正になってからも、彼の名前は、ロンブロゾオの『天才論』▼注2でふれられ、センツベリー▼注3、太宰施門▼注4、関根秀雄▼注5、ブリュンチエール▼注6といった著者のフランス文学史の中でも、中世を代表する詩人として紹介が見られる。しかし、そこでヴィヨンが他の作家たちに比べて、とりわけ大きな存在として扱われているわけではない。

　ヴィヨン受容史の中で重要な役割を果たしたのは、東京帝国大学の辰野隆だと考えられる。辰野は、それまで『ろざりお』という雑誌▼注7に連載していた記事等を集め、一九二二（大正一一）年に『信天翁の眼玉』▼注8を出版した。その表紙を飾るのは、三人の男が絞首刑になっている戯画的な素描である▼注9。このことからも、辰野がいかにヴィヨンを愛読していたかが推測される。また、フランス文学関係の翻訳を手に取る読者たちは、この中世詩人の重要性を認知したに違いない。『信天翁の眼玉』の「千九百十八年四月」の項目には、「實際に於いて佛蘭西の大詩人は三人だと云ふのが有力な説である。それは一五世紀のヴィロン▼注10、一九世紀のボオドレエルとヴェルレエヌ、と云ふのが先づ動かぬところらしい。▼注11」と記されており、通常のフランス文学史とは異なった位置づけがなされている。

「千九百十八年一月」の項は、次のような一節で始めらる。

歳が改まつて背後に續く去年を一寸振り返つて見る。反故にも等しい「信天翁の目玉」は跡かたも無い。ヴィロンのひそみに倣って、過ぎし年の雪や何處に Mais《メ》 où《ウ》 sont《ソン》 les《レ》 neiges《ネエジュ》 d'antan《ダンタン》! と歌はん哉▼注12。

ここでは、日本におけるヴィヨンの代名詞となる「こぞの雪」の句が、ヴィヨンその人を紹介するためではなく、過去への愛惜を歌った詩句として引用されている。そのことは、この詩句が詩人の作品から切り離され、単独で人口に膾炙するきっかけとなったに違いない。このようにして、『信天翁の眼玉』を通し、ヴィヨンが偉大な詩人であり、しかも絞首刑に処された罪人という二重のイメージが定着したと考えていいだろう。

「千九百十八年五月」の項では、それまでよりも詳しくヴィヨンの生活についての記述が見られる。辰野はまず、ヴィヨンが大詩人であり、且つ犯罪者であったことは誰でも知っているが、ではなぜそんな人間が文学の学位まで取ることができたのか疑問であると自問した後、その答えを、彼が生きた中世社会の混乱に求める。次いで、ヴィヨンの生涯で最も名高い事件と

して、シエルモアズ殺しとナヴァール学院の窃盗を挙げ、シエルモアズを殺めてしまった顛末について詳しく紹介する▼注13。

さらに、ヴィヨンがゴール精神の持ち主であり、彼の詩はその一つの表現である韜晦mystification▼注14に溢れているとする。辰野の説明によるゴール精神とは、「事に觸れて揶揄し嘲笑して、自ら快を叫ぶ彌次性の發露▼注15」である。そして、それが芸術とつながるのは、「決して自己の利益を目的としてはゐない。寧ろ利益は他人に取るに任せて、自らは唯、單に藝術的衝動を満足させる為めに、他人を騙したり、ぺてんに懸けたりするのである。之が為めに所謂識者を怒らしめて、却つて識者の對世間の立場を愈々明にする利益を與へると云ふ、親切な役目を勤める事さへある。蓋しミスティフィカシオンが純藝術的の根據を有する所以である。▼注16」このような考察の中で、以下のような、詩人としてのヴィヨン像が描かれる。

> ヴィロンもボオドレエルも亦然りであつた。恐い顔をし乍ら、肚の底で巫山戯てゐたり、にや〳〵嗤ひながら眞理を言つたりする、ヴィロンの「小遺言《プティ・テスタマン》」や「大遺言《グラン・テスタマン》」の中には、吹出さずにはゐられない、それでゐて泌々と頼りない涙を催させる句節に、よく出遭ふ事がある▼注17。

こうした辰野の紹介によって、文学史の中では単に中世を代表する一人の詩人にすぎなかったヴィヨンが、近代のボードレールやヴェルレーヌに匹敵する大詩人として認知されるようになる。昭和初期、ヴィヨンという名前、あるいは「こぞの雪」の詩句が喚起する魅力的なイメージは、辰野隆を発信源として形成され、日本の読書界に根を下ろしていったと考えてもいいだろう。

富永太郎　追憶の崩壊

一九二五（大正一四）年二月、『山繭』に発表された富永太郎の「鳥獣剥製所　一報告書」には、「こぞの雪」の詩句が二度用いられ、強い詩的印象を生み出している。最初は、同じ詩句が三度反復されるのだが、その際、徐々に右から左に下がっていくことで、造形的に下降のイメージを作り出す。二度目に用いられるときには、詩句の中のいくつかのことばが削り取られ、最後は意味不明のアルファベットの連なりになってしまう。富永の散文[注18]の中で定型詩的に行分けされているのは「こぞの雪」の一節だけであり、それだけ富永の強い思いが感じられる。

「鳥獣剥製所」は、「私のために涙を流した女らの追憶[注19]」に対する「憎悪」を核として展開する。動物の剥製とは失われた女たちの生命感のない思い出であり、剥製所には追憶が造形的に保存されている。もし一時でも命のない動物たちが「再生」すれば、その場は「饗宴」となり、「私」は慰められるかもしれない。しかし、実際に思い出が甦ると、女たちの「無感覚」

がより強く感じられ、胸が締め付けられる。そうした中で「私」は必死に現実のそのままを見ようとする。しかし、物象は「變位」の相でしか姿を現さない。どんなにみすぼらしくとも、輝かしく光っているようにみえる。「私」は今でも女たちへの愛に強く動かされているのだ。他方、女たちの眼は、「熱の無い炎のよう」であり、「時間によつて剥製され、神秘な香料によつて保存され」ている。彼女らへの「私」の愛はまだ続いている。それだからこそ、彼女らの「苦痛に満ちた魅惑の力」が「私」を凶暴にし、最後になり、「私」はその目の一つ一つにつばを吐きかける。この行為によって、饗宴は消え去り、「私」は旅立ちを決意する。

　この散文詩を書くにあたり、富永太郎は、愛好するフランスの詩人たちから、かなり生の形で素材を譲り受けている▼注20。「饗宴」「航海」「狂乱」「眩暈」「訣別の辞」はランボーの『地獄の季節』から、「變位」「倦怠」「どこかの邦へ行つて」はボードレールから、「私の魂の最低音部」はヴァレリーからの借用であろう▼注21。さらに、「ベスビオの灰」はジェラール・ド・ネルヴァルの痕跡かもしれない。このイメージが記されるネルヴァルのソネット「ミルト」や短編小説「オクタヴィ」は、富永が読んだアーサー・シモンズの『表象派の文學運動』では言及されていない。しかし、富永がネルヴァルの作品を読んでいた可能性は否定できない。「四行詩」の最終行には、「わがては　緑玉製Isis《イジス》の御《み》膝の上に▼注22」という詩句が置かれている。その古代エジプトの女神はネルヴァルを連想させる。実際、ネルヴァルには、「イジス」と題された短編があり、ソネット「ホルス」や「オーレリア」の中でもイジスの名前が見られる。

そのように考えた場合、「すべては遅かつた」、「あらゆる世紀の堆積」、「それが私の上にあるのか、下にあるのか、私は知ることが出来ない[注23]」、「あれらのみじめな物體は、もうそれ自身輝かしかつた」といった表現も、「オーレリア」の記述を連想させる。

多くの論者が指摘するように、「眼」に関する記述は、明らかにネルヴァルの「おそれよ。盲目の壁の中からお前を窺う一つの眼！[注24]」に由来する。富永は、一九二四（大正一三）年五月二三日付けの手紙の中で次のように記していた。「Crains, dans le mur aveugle, un regard qui t'épie! というネルヴーの句が、日夜僕をおびやかす。遁走が必要なのだ。行く先は「旅人一人お泊め申すもやうやうの、四疊半にも足らぬ三疊半」でも僕には過ぎたくらゐに思ふ。[注25]」ここで注目すべきは、引用された詩句のあるネルヴァルの「黄金詩篇」との差異である。この詩は、どんな小さなものにも神が宿るという汎神論論的な内容を持つが、逃走の主題はない。従って、壁の中にある目と逃走を結びつけたのは、富永太郎自身に他ならない。この時期の富永は、一つの眼に追われ、それから逃れるためにどこか別のところに行くことを望んでいたことが知られている。その逃走への願望と対応するかのように、「鳥獣剥製所」は、「どこか別の邦へ行つて住まう」という決意で終わる。これは、ボードレールの『悪の華』の末尾を飾る「旅」の最後、「おお死よ。年老いた船長よ。時が来た。錨を上げよう！」という詩句を思わせもする。以上のように、「鳥獣剥製所」からは、所謂フランス象徴詩の詩人たちの影響が字句のレベルでも強く感じられる[注26]。

そうした中で、富永は、ヴィヨンの「こぞの雪」を引用句として明示し、しかもカリグラフィ的に用い、追憶の消滅を視覚的にも描き出す。ここではまずヴィヨンの「いにしえの女性たちのバラード」について振り返っておこう。「言ってくれ、いずこに、どの国にいるのか／美しいローマの娘、ローラが。」で始まるこの詩は、最初の三つの詩節の中で、過去の美しい女性たちの名前を喚起し、それぞれ、「去年の雪はどこにあるのか？」というリフレインで終わる。そして、最終の第四節になると、語りかけている相手である主人に向かい、彼女たちがどこにいるのか問いかけても無駄で、結局はそのリフレインに戻るだけだと言い、最後に再び、「去年の雪はどこにあるのか？」と繰り返す。ここで描き出されるのは、過去の女性たちに対する追憶であり、彼女たちが消え去り、今では跡形も残っていないことに対する愛惜である。その象徴が、「こぞの雪」のリフレインだといえる。

富永は、「鳥獣剥製所」の中で、その詩句から豊かな滋養を得ることに成功した。第一に、富永訳は、以前の訳とは比べものにならないほど詩的である。

Où sont les neiges d'antan?
「昔の雪は今何處に在る」(太宰施門、一九一七年二月)
「過ぎし年の雪や何處に」(辰野隆、一九一八年一月)
「さはれ去年《こぞ》の雪いづくにありや」(富永太郎、一九二五年三月)

フランソワ・ヴィヨンと富永太郎、芥川龍之介、井伏鱒二

「去年の雪何處にありや」（関根秀雄、一九二五年六月）
「こぞの雪いまいづこにありや」（井伏鱒二、一九三〇年二月）
「こぞ／の／雪　いま／いづこ（春）」（佐藤春夫、一九三一年一〇月）
「さはれ、去歳《こぞ》の雪いづこにありや」（吉江喬松、一九三三年四月）

«antan» は「昨年」あるいは「前年」を意味する。従って、富永の訳は先行する二つの訳よりも正確であり、しかも流麗である。富永の後の訳はほぼ富永訳を踏襲しているところを見ても、その優れた訳業が理解できるだろう。
その詩句を三度重ねてカリグラムが描かれる。

さはれ去年《こぞ》の雪いづくにありや、
さはれ去年の雪いづくにありや、
さはれ去年の雪いづくにありや、

……………………………………意味のない疊句《リフレイン》が、ひるがへり、巻きかへつた。美しい花々が、光のない空間を横ぎつて沒落した。そして、下に、遙か下に、褪紅色の月が地平の上にさし上つた。私の肉體は、この二重の方向の交錯の中に、ぎしぎしと軋んだ。このとき、私は不幸であつた、限りなく不幸であつた。

この一節は、「私は動物らの霊と共にする薔薇色の堕獄を知つてゐた。私は未来を恐怖した。」という一文に続くものである。ヴィヨンの詩句は、過去を愛惜し、かつての美しい女たちを懐かしみ、今はもういないことを悲しむ。その詩句を引用しながら、右から左へと徐々に段落を下げ、下降するイメージを作り出すことで、富永は、ヴィヨンの詩に基づきながら、異なった内容を持った散文を生み出していく。ヴィヨンは、思い出を探しても、「去年の雪」のリフレインにしかたどり着かないと歌った。富永はそのリフレインも意味がないと言い放ち、愛惜の感情を否定する。そのことは、三行の詩句で描かれたカリグラムが下降し、美しい花が没落するという表現によって増幅される。さらにそこに、月の上昇という逆の動きが付け加えられる。その二重の動きの中で、「私」は「ぎしぎしと軋」む。つまり、追憶に惹かれれば惹かれるほど、不幸を痛感する。愛おしければ愛おしいほど、思い出が苦しいものとなる。その思い出の核をヴィヨンの詩句が形成しているのである。

次に、思い出の饗宴の後、「私」は腹立たしさに捕らわれ、凶暴になり、女たちの眼につばを吐きかけ、泣く。そして、全てが消え去った後、再びヴィヨンの詩句が引用される。

さはれ去年《こぞ》の雪いづくにありや、
さはれ去年の雪……いづくに……

さはれ去年の……Hannii – hannii – hannii-i-i-i-i …… bidn ! bidn ! bidn !

この引用では、第二行目になると、「雪」と「いづく」の間に六つの点が入ることで詩句が分解され、さらに「ありや」は六つの点に取って代わられ、消滅する。三行目になると、「雪」という言葉もなくなり、その後には、「ハニイ」という音がアルファベットで残されるが、それさえも「イ」だけになり、最後は、意味不明の「ビデゥン」という音で終わる▼注27。美しい詩句が崩壊し、追憶への愛惜が消え去っていく。あるいは、消え去って欲しいという望みが、言語表現ではなく、象形的に描き出される。このようにして、「こぞの雪」の句は「意味のない畳句」となり、「私」は追憶を断ち切り、旅立ちを決意する。それが、過去に愛した女たちへの「一報告書」だといえる▼注28。

否応なく記憶の中に甦る回想に対する愛惜と憎悪。その中で、ヴィヨンの詩句は、愛惜を代表する。そして、回想が分解していく姿を具象的に描くことで、富永太郎は、新しい詩の可能性を見出そうとした。しかし運命の皮肉と言うべきか、新しい詩を求めての旅立ちは、彼にとっては死への旅立ちでもあった。「鳥獣剥製所」発表の年の十一月一二日、彼はこの世を去る▼注29。

芥川龍之介　悪党詩人と死の映像

芥川龍之介は英語でフランソワ・ヴィヨンの詩を読んだものと思われる。彼の読書年譜にはヴィヨンの英訳が記されている▼注30。その芥川がヴィヨンに言及するのは、一九二七（昭和二）年七月二十四日の死の直前あるいは直後に発表された、「文藝的な、余りに文藝的な」と「或阿呆の一生」の中においてである▼注31。この時期彼はなぜヴィヨンの名前をしばしば取り上げたのだろうか。

「或阿呆の一生」は、原稿を託された久米正雄が『改造』発表時に付した序文で記しているように、芥川の「自伝的エスキス」である▼注32。そして、芥川は、自身が以下のような状態にいることを、久米に宛てた手紙の中で告白している。

　僕は今最も不幸な幸福の中に暮らしてゐる。しかし不思議にも後悔してゐない。唯僕の如き悪夫、悪子、悪親をもつたものたちを如何にも氣の毒に感じてゐる。ではさやうなら。僕はこの原稿の中では少なくとも意識的には自己辨護をしなかつたつもりだ。

ここで言われている二つの要素―悪と自己弁護のない告白―が、フランソワ・ヴィヨンを彼に結びつけたのだと考えられる。その中でも、自己弁護をしないという点が、「或阿呆の一生」の芥川にとっては重要な点であった。「譃」と題された断章四五で、彼は、ルソーや島崎の告白に関して、「懺悔録《ざんげろく》さへ英雄的《えいゆうてき》な譃《うそ》に充《み》ち満《み》ち」、「「新生《しんせい》」の主人公《しゅじんこう》ほど老獪《らうくわい》な偽善者《ぎぜんしゃ》に出會《であ》つたことはなかつた」と、二つの自伝的作品を非難する。そして、次のように続ける。

(略) フランソア・ヴィヨンだけは彼《かれ》の心《こころ》にしみ透《とう》つた。彼《かれ》は何篇《なんぺん》かの詩《し》の中《なか》に「美《うつく》しい牡《おす》」を發見した。

絞罪《かうざい》を待つてゐるヴィヨンの姿《すがた》は彼《かれ》の夢《ゆめ》の中《うち》にも現《あらは》れたりした。彼《かれ》は何度《なんど》もヴィヨンのやうに人生《じんせい》のどん底《ぞこ》に落《お》ちようとした。が、彼《かれ》の境遇《きやうぐう》や肉體的《にくたいてき》エネルギイはかういふことを許《ゆる》す譯《わけ》はなかつた。彼《かれ》はだんだん衰《おとろ》へて行《い》つた。丁度《ちやうど》昔《むかし》スウイフトの見《み》た、木末《こずゑ》から枯《か》れて來《く》る立《た》ち木《き》のやうに。……

ヴィヨンは決して告白をしているのでもなく、自伝を詩にしているわけでもない。しかし、芥川は、『遺言詩集』に偽りのない告白を読み取る。確かに、ヴィヨンは『大遺言集』の冒頭で、「ありとあるこの世の恥辱を飲み干した／わが歳まさに三〇の年に▼注33」と記し、己の生涯を語っているようにも見える。それを自己語りとみなすことも可能である。ここで芥川はどの詩の中に「美しい牡」を発見したのか明示してはいないが、その後で描き出される絞首刑の映像は、ヴィヨンの懺悔の偽りのなさを造形的に描き出しているといえる。偽善がないために、絞首台に吊されるヴィヨン。その映像は、赤裸々になりたくてもなりきれない芥川自身のジレンマを浮き彫りにする。断章四八の「剥製の白鳥」には、そのことに関する告白がある。「彼《かれ》は最後《さいご》の力《ちから》を盡《つく》し、彼の自叙傳《じじよでん》を書《か》いて見《み》ようとした。が、それは彼自身《かれじしん》には存外《ぞんぐわい》、容易《ようい》に出来《でき》なかつた。それは彼《かれ》の自尊心《じそんしん》や懐疑主義《くわいぎしゆぎ》や利害《りがい》の打算《ださん》の未《いま》だに残《のこ》つてゐる爲《ため》だつた。彼《かれ》はかう云《い》ふ彼自身《かれじしん》を軽蔑《けいべつ》せずにはゐられなかつた。」だからこそ、ヴィヨンだけは「心にしみ透」るのである。

こうしたヴィヨンに対する感情移入は、最初から見られるものではなく、悪を意識し自己を語る決意をした時点で形成されたのだと考えられる。『改造』に連載された「文藝的な、余りに文藝的な」第一回の中でヴィヨンについて言及されるが、それは、「半ば忘れられた作家たち」という断章一一の中であり、「「人《ひと》として」失敗《しつぱい》したと共に「藝術家《げいじゆつか》として」成功《せいこう》したものは盗人兼詩人《ぬすびとけんしじん》だつたフランソア・ヴイヨンにまさるものはない。▼注34」といった記述にすぎない。これは、悪党であり詩人であったヴィヨンという、一般的に流通していた紋切り型の反復である。

ところが、同年八月に発行される連載第四回になると、ヴィヨンがより近い存在として意識されるようになる。「人生の従軍記者」と題された断章の中で、「生活者」や「カルマ」という言葉を用いながら、人生における戦い一般について語り、人生と芸術のかかわりの典型としてヴィヨンの例を挙げる。

僕等《ぼくら》の悲劇《ひげき》は、—或《あるひ》は喜劇《きげき》はこの「人生《じんせい》の従軍記者《じゆうぐんきしや》」にとゞまり難《がた》いことに潜《ひそ》んでゐる。しかも僕等《ぼくら》「生活者《せいかつしや》」のカルマを背負《せお》つてゐることに潜《ひそ》んでゐる。けれども藝術《げいじゆつ》は人生《じんせい》ではない。ヴイヨンは彼《かれ》の抒情詩《じよじやうし》を残《のこ》す爲《ため》に「長《なが》い敗北《はいぼく》」の一生《しやう》を必要《ひつよう》とした。（中略）彼《かれ》は第《だい》一流《りう》の犯罪人《はんざいにん》だつたものの、やはり第《だい》一流《りう》の抒情詩人《じよじやうしじん》だつた。

悪党と詩人という二元論に基づいていることは同じだが、ここではより具体的な記述となり、人生と芸術の対立が芸術成立の必要条件であるという断言がなされる。ここで芥川は、長い敗北という言葉をカッコの中に入れ強調している。それは、この表現を芥川自身の人生に重ね合わせて考えているからではないか。自分の人生も長い敗北であった、と。そしてそれが、「或阿呆の一生」の序文に記された「僕の如き悪夫、悪子、悪親」へ、そして死の象徴である絞首刑のイメージへとつながっていくことになる▼注35。

「文藝的な、余りに文藝的な」の初回が一九二七年四月発表であり、「或阿呆の一生」は同年の六月二〇日に久米正雄に送られているところから推定すれば、かなり短い期間に、芥川はヴィヨンに対して大きな親近感を抱くようになったのではないか。その理由を特定することはできないが、その間に、日本におけるフランソワ・ヴィヨンの文学的評価を考える上で重要な出来事があったことに注目しておきたい。それは、一九二七年六月一〇日に発表された、小川泰二によるフランシス・カルコ『ヴィヨン物語』の書評である▼注36。小川は、その書物を紹介するという形を取りながら、ヴィヨンの生涯を紹介する。が、それと同時に、ヴィヨン詩の文学的価値を明らかにした。例えば、「絞死人《くびられびと》の歌」の第三節の引用があり、それに続けて詩についての考察が展開される。「人生唯一の幸福なる青春は惨めにも蹂躪られた、積悪の應報は三十歳にして既に詩人を老境に入らしめた、死、死、死あるのみ、許多の麗人、地上の君主、はた貧者、さては我身は何處に行くのか?・・・・答はない、我には我が有るのみだ、その我は「無《リャン》」だ、唯一の現實はただ死だ、この世の天國はただvolupté だ。」この時期ずっと死を考え続けていた芥川がもしこの一節を眼にしたとしたら、ヴィヨンと自分の生を重ねずにはおかなかっただろう。

小川泰二はその後、ガストン・パリスの『中世詩論』の一節を訳出する。「自己を詩作の主題として萬象を此處に集中する試みはヴィヨン以前には嘗て試みられなかつた、それを『遺言書』の著者は爲したのである。」ヴィヨン詩の中心に自己を置くこうした視点は、『遺言書』を自伝的と捉えることに道を開く。芥川が「或阿呆の一生」の執筆以前に小川の書評を読んだかどうか確認することはできないが、『佛蘭西文學研究』は東京帝国大学佛蘭西文學研究室から出版された雑誌であり、死を前にした芥川の目に触れた可能性も否定できない。そして、その記事が、彼の筆にそれまでとは別の方向性をもたらしたのかもしれない。

悪人でありながら詩人でもあるヴィヨン。自分と同じ悪に充ちた生を生き、しかも芸術を求める人間ヴィヨン。その人間ヴィヨンを待つのは、必然的に死のみ。最晩年の芥川龍之介にとって、ヴィヨンは彼を死の側へと導く大きな役割を果たしたのかもしれない。また、芥川が死を前にしてヴィヨンの名を作品に記すことで、ヴィヨンという詩人の存在が当時の読書界の中で

より大きな存在として定着したということもできるだろう

井伏鱒二　反抗的青春の回想

井伏鱒二は早稲田大学で青木南八と親交を結び、南八が二四歳で夭折した後、何度か彼の思い出を語っている▼注37。その代表的な作品が、一九二八（昭和三）年二月号に発表された「鯉」である。多くの論者が高く評価するこの小品は、『桂月』に掲載された「鯉（随筆）」▼注38を、創作として書き改めたものである。後に、井伏は、中村明の質問に答える形で、小説と随筆の違いについて次のように述べる。「僕の場合、うそを書けば小説。（中略）小説の時はうそを書いてもいいから突っ込んでゆけるし、そのほうが結局はほんとのことが書けて、他人に訴えるはずなんだけれども、むずかしくて、たいていは失敗するな。▼注39」井伏はここで、小説の中に含まれる虚構の持つ力が、「ほんとのこと」よりもさらに「ほんとのこと」に達することを、おどけた調子でほのめかしている。一九三〇（昭和五）年に発表された「休憩時間」▼注40も、最初は「青木南八」と題された回想記であり▼注41、その後、小説として手を加えられた作品である。その中で、ヴィヨンの「こぞの雪」の詩句が引用され、作品の叙情性を生み出す核として機能している。

「青木南八」の中で、大学の教室風景が語られるとき、級友達の固有名詞が記され、「誰も彼も若くて健康であった。第一、絶望した者や病人なぞは教室へ出て来なかつたのである。／この新鮮な風景を説明するために、私は次の挿話を語るに吝かでない。」という一節が続き、後の「休息時間」の骨格となる一場面が語られる。実際、授業の休み時間に、学生達が次々に教壇に上がり、黒板に落書きをする展開は、回想記と小説に共通している。最初の学生は校則で禁じられている下駄履きのため学生監に教室から連れ出され、戻ってきてからアララギ派風の「すこぶる反逆的な」和歌を書く。続いて、「テイダンテイダンのミーター」を踏んだ英詩を書く学生が現れる。次に、こんな争いは嫌だといった旨のことを黒板に書き、教室から出て行く学生。「ソンナニオコルナ」と書いた後、チョークを床にたたきつける学生。最後に、教室の一番後ろに座っていた学生が、黒板の文字を消し、何も書かないで、自分の席に戻る。こうした出来事の展開は共通しており、「休憩時間」に描かれている出来事はほぼ事実に基づいているのだろう。

その中で、最も大きな違いは、下駄履きの学生に関する部分である。随想では、彼の落書きの文字についての具体的な言及はない。それに対して、小説では、「こぞの雪《ゆき》いまいづこにありや」という詩句が引用され、作者の名前も「フランソア・ヴイロン」と記される。回想の中にこの詩句に関する言及が全くなかったところを見ると、作品の中心を占める反抗者の逸話は、井伏言うところの「うそ」と考えてもいいだろう。そして、その「うそ」が「休憩時間」を本当以上の本当へと導く。

ところで、詩人の名前は「ヴイロン」と記される。まず、この固有名詞の読み方に注目したい。辰野隆は最初「ヴィロン」と記し、京都大学の太宰施門もVillonに「ヴイロン」というルビを付していた▼注42。それに対して、一九二七（昭和二）年の小川泰三の書評では「ヴィヨン」とされ、それ以降、一九二九（昭和四）年の佐藤輝夫の論考も含め▼注43、その呼称が一般化していく▼注44。その点に関して、鈴木信太郎は、後に次のような思い出を語っている。最初、東京帝国大学のエミル・エック教授が講義の中でヴィヨンについてふれた際、教授はヴィロンと発音していた。しかし、一九二五（大正一四）年にパリに渡り、シャンピオン書店のエドゥアル・シャンピオンと話している際に、ヴィロンでなくヴィヨンであると正され、その後、ヴィヨンの専門家であるリュシアン・フウレイ教授にその確認を得たという▼注45。従って、大正の末年から東京帝国大学においては、ヴィヨンという読み方が一般化したものと思われる。それに対して、早稲田大学の仏文科を創設した吉江喬松は、一九三三（昭和八）年に出版した『佛蘭西文學概観』の中で、東大系の流れに反して、以前と同じように「ヴィロン」と記している▼注46。とすれば、井伏が一九三〇年の時点で、あえて詩人をヴィロンと呼んでいるのは、舞台が早稲田大学であることの刻印とは考えられないだろうか。

実際、「休憩時間」の冒頭で描きだされる「懐古的な幾つもの挿話」を持つ「文科第七番教室」は、早稲田大学を強く連想させる▼注47。ここも「青木南八」には存在せず、小説として加筆された部分であるが、それは「うそ」というよりも、伝説といった方がいいだろう。そして、その教室で展開される伝説的な逸話には、坪内逍遙、島村抱月、高山樗牛、正宗白鳥といった固有名詞が挙げられ、「日本文學史的に甚だ由緒深い記念館」であることが具体性を以て示される。

私達文科學生《わたしたちぶんくわがくせい》は、かういう類《たぐひ》の挿話《さふわ》を誰《だれ》から教《をし》へられたかは忘《わす》れてしまつたが、さういふ物語《ものがた》りだけはことごとく記憶《きおく》して、それは事實《じじつ》であると信《しん》じた。信《しん》じてもさしつかへなかつたほど、この教室《けうしつ》は古《ふる》びて埃《ほこり》つぽくて、神秘《しんぴ》めいてほの暗《くら》かつたのである。そして窓《まど》の外《そと》には三本《ぼん》の櫻《さくら》の老木《らうぼく》が生《は》えてゐたが、こんな大木《たいぼく》の櫻《さくら》の木《き》といふものは、その附近《ふきん》一たいに起《おこ》つた傳説《でんせつ》や挿話《さふわ》を眞實《しんじつ》らしく人々《ひとびと》に思《おも》ひこませがちなのである。

窓《まど》から手《て》をさし出《だ》してみると、櫻《さくら》の枝《えだ》は私達《わたしたち》の手にふれた。太《ふと》い幹《みき》から簡疎《かんそ》な枝《えだ》を出《だ》して、櫻《さくら》の花辨《くわべん》は風《かぜ》の吹《ふ》き具合《ぐあい》によつては教室《けうしつ》のなかにもまひこんで、私達《わたしたち》の机《つくゑ》の上《うへ》やノートの上《うへ》に遠慮《ゑんりよ》なく散《ち》つて来《き》たのである。

本当か嘘か分からない話を真実だと思わせるほど、古びて神秘的な教室。窓の外の桜の老木は、その真実性をさらに強める。「休憩時間」には青木南八の名前もなければ、この教室が南八の思い出につながることさえほのめかされていない。しかし、教室や桜への思いを通して、南八をめぐる過去の回想に対する井伏の強い愛着が密かな形で示されている。その隠された側面を感じた上で、桜の枝に触れようと窓から差し出された手を見れば、彼の思いがより明確に感じられる。桜の花弁の舞い散る情景がほのかな叙情性を漂わせているのは、そのためだといっていいだろう。小林秀雄が、井伏について、「自然の描写を見ても決して精細に叙事的には描かれてをりません。自然は歪められ、或は整調されて、いつも抒情的な気氛をみなぎらせて現れてをります。▼注48」と論じているが、古桜の大木はその一例である。

このような過去に対する思いが具象的に描き出された後、「こぞの雪」の詩句を中心にした情景が書き加えられる。ここで興味深いことは、秩序を乱す犯罪者としてのヴィヨンのイメージが用いられることである。

學生監《がくせいかん》は規則違反者《きそくゐはんしや》の背中《せなか》を押《お》しはじめた。違反者《ゐはんしや》は明《あきら》かに興奮《こうふん》した。彼《かれ》は黒板《こくばん》に「こぞの雪《ゆき》いまいづこにありや」の最後《さいご》の一行《ぎやう》を書《か》いてゐたところである。それはヴイロンの詩《し》の絶賞《ぜつしよう》に價《あたい》すべき一行《ぎやう》なのである。こんなデリケイトな詩情《しじやう》にひたつてゐる場合《ばあい》に、學《がく》生監《せいかん》に腕《うで》をつかまれたり背中《せなか》をこづきまはされたりすることは、若《わか》き芸術家《げいじゆつか》にとつては最《もつと》も残念《ざんねん》な瞬間《しゆんかん》である。下駄《げた》ばきの僚友《れういう》は學生監《がくせいかん》の腕《うで》をふりはらつて反抗《はんかう》した。

この規則違反者が、「こぞの雪」の詩句を黒板に書き付ける。ヴィヨンは、絞首刑に処された悪党でありながら、同時に中世最高の抒情詩人でもあった。早稲田大学教授吉江喬松は、彼のフランス文学史の中で、次のように記す。「ヴィロンにいたつて初めて、（中略）身に徹した經驗、飢餓生死の境、戀をするなら街路の一角、食を求むなら盗みさへせねばならぬ中から生まれた詩が出來上つたのである。それ故、ヴィロンに於いて初めて的確な意味での抒情詩が生まれたとさへいへるのである。▼注49」井伏鱒二は、このような無頼派的抒情詩人としてのヴィヨン像に基づき、「ヴィロンの詩の絶賞に価すべき一行」の翻訳をあえて黒板に書き付けさせたのではないだろうか。そして、その詩句は、「デリケイトな詩情」と「反抗」によって、下駄履きの学生を「若き芸術家」の地位に押し上げる役割を果たす。言い換えれば、現実との対立の中で詩が成立する。

過ぎ去った青春の思い出。それに対する追憶と愛惜。「こその雪」の詩句が生み出す詩情は、「休憩時間」の末尾、井伏自身の散文によって表現される。

束《つか》の間《ま》に青春《せいしゆん》はすぎ去《さ》るであらう。さうして、休憩時間《きゆうけいじかん》なぞは、その楽《たの》しい追憶《つゐおく》以外《いぐわい》には決《けつ》して・・・・・・

この詠嘆調の結末は、「かつての美女たちのバラード」の最終節を下敷きにしている。ヴィヨンは、美女達が今はどこにいるのかと訊ねても、「こその雪」のリフレインに戻るしか術はないと歌った。富永太郎の「鳥獣剥製所」の場合とは異なり、井伏鱒二は、ヴィヨンの詩句が詠う過去への愛惜をそのままの形で受け取り、それを彼の散文に移し替える。実際、初期の井伏は表現や文体に苦心し、あえて翻訳調を使うことがあったと、河盛好蔵との対談で述べている▼注50。ヴィヨンの詩句を引用するのは、その意味で象徴的である。

青木南八という親友の思い出を語る随想に基づきながら、「うそ」を付け加えて、「休憩時間」という作品を作り上げる。その過程で、フランスの詩人の詩句を物語の中に組み込み、詩情を取り込む。そのことによって、青木南八への想いが、詩人の姿へと形象化し、ほのかな抒情を漂わせる散文を生み出したといえるだろう。

中原中也、小林秀雄から太宰治へ

日本におけるフランソワ・ヴィヨンの評価には、辰野隆が大きな役割を果たした。辰野がヴィヨンをヴェルレーヌやボードレールと匹敵する大詩人としなければ、「こぞの雪」の句がこれほど知られることはなかったかもしれない。その後、この詩句を中心に、それぞれの作家がヴィヨンを受容していった。富永太郎は、「こぞの雪」の詩句を解体し、追憶からの脱出を歌った。芥川龍之介はヴィヨンの詩句の中に「美しい牡」を見出し、最晩年の自己をヴィヨンに重ね合わせることで、美しい断章を書き付けた。井伏鱒二は、現実の出来事の思い出の中にヴィヨンが内包するイメージを溶け込ませ、抒情的散文を生み出した。彼等の受容の仕方は様々であるが、異国の詩人から滋養を得て、ヴィヨンの刻印を自らのことばで刻んだという点では、共通している。
その後も様々な作家や詩人たちが、ヴィヨンという名前あるいは「こぞの雪」の詩句に言及する。例えば、中原中也は「こぞの雪今いづこ」という題名の詩を書き▼注51、小林秀雄は「當麻」▼注52の中で、この詩句を突然思い出す。太宰治が、ヴィヨンという名前を題名の中に記したのも、これまで検討してきた伝統が念頭にあったからであろう。そして、ヴィヨンの名前は、とりわけ太宰治のおかげで、日本文学の中でさらに特権的な位置を占めることになる。

注

▼1 大日本図書、一九一二年三月。引用は一九二三年五月発行一四版、三三頁。ヴィヨンについては同書四〇頁も参照。
▼2 植竹書院、一九一四年三月、六一頁。
▼3 久保正夫訳『佛蘭西文學史』、文芸叢書、一九一六年一二月、二二一頁〜二二七頁。
▼4 『佛蘭西文學史』玄黄社、一九一七年二月、三三頁〜三六頁。五八六頁では、ヴィヨンとヴェルレーヌの類似について言及されている。
▼5 『佛蘭西文學史』古今書院、一九二五年六月、九九頁〜一〇一頁。
▼6 関根秀雄訳『佛蘭西文學史序説』、岩波書店、一九二六年四月、二二頁〜二五頁。
▼7 中島健三、『疾風怒濤の巻　回想の文学一　昭和初年—八年』一九七七年五月、六二頁〜六四頁。
▼8 白水社、一九三二年三月。

▼9　その版画は、一四八九年の『ヴィヨン詩集』に収められた「ヴィヨン墓碑銘」の挿絵から取られている。鈴木信太郎『ヴィヨン雑考』理想社、一九四一年一一月、二四〇頁。
▼10　ヴィロンという表記については後述。
▼11　辰野『信天翁の眼玉』、七九頁。
▼12　同前、二六頁。
▼13　同前、九二頁〜九六頁。
▼14　辰野はmystificationというフランス語をそのまま用いている。辰野の説くゴール精神のフランス文学における意義については、辰野隆『佛蘭西文藝閑談』（聚芳閣、一九二六年五月）の序章「佛蘭西文學とは」（三頁〜二七頁）を参照。
▼15　同前、二六七頁。
▼16　同前、二六八頁。
▼17　同前、二六九頁。
▼18　吉田恵理「鳥獣剥製所　一報告書」論―富永太郎における〈歌う〉と〈語る〉―」『立教大学　日本文学』第一〇四号、二〇一〇年七月、九九頁〜一一〇頁。
▼19　「鳥獣剥製所　一報告書」からの引用は『山繭』の初出版による。
▼20　大岡昇平は「富永太郎伝」の中で、「秋の愁嘆」について、「抽象的言語（中略）の巧妙な組み合わせによって、或る心理状態の内的リズムを表出する」と記している。『富永太郎詩集』、思想社、一九七五年七月、一〇五頁。（初出は『富永太郎詩集』（創元社、一九四九年八月）「解説」。）
▼21　ポール・ヴァレリー『レオナルド・ダ・ヴィンチ方法序説』は小林秀雄にも大きな影響を与え、「宿命の主調低音」という表現が、「人生斫斷家アルチュル・ランボオ」や「則鉛」の中で使われる。
▼22　『山繭』第四號、一九二五年三月、一頁。
▼23　北村太郎はこの詩句から、「縁辺意識」や「下層意識」を読み取る。「縁辺の人―富永太郎論」前掲『富

永太郎詩集』一三九頁。しかし、富永はここで、過去に愛した女たちの平面が、自分が載っている平面の上にあるのか下にあるのかわからないと言っているのであり、端の意識を表現しているわけではない。

▼24 アサ・シモンズ、岩野泡鳴訳『表象派の文學運動』新潮社、一九一三年一二月、三三四頁。

▼25 大岡昇平『富永太郎 書簡を通して見た生涯と作品』中央公論社、一九七四年九月、二一二頁。大岡昇平は、『表象派の文學運動』からの孫引きであろうと推測している。

▼26 飯島耕一『悪魔払いの芸術論 日本の詩フランスの詩』弘文堂、一九七〇年一〇月、二五七頁〜二六九頁。

▼27 青木健は、bidn という「装飾音」によって詩は終わっており、「生きること」で始まる一節は蛇足であると論じる。『剥製の詩学 富永太郎再見』小沢書店、一九九六年六月、九八頁〜九九頁。

▼28 「鳥獣剥製所」の晦渋さについては、北川透「鳥獣剥製所について—富永太郎の位置」『磁場』第一〇号、一九七六年一二月、一二頁〜二二頁参照。

▼29 「遺産分配書」に、ヴィヨンの『遺言集』の影を見ることも可能ではないか。

▼30 François Villon, *Poems* tr. by John Payne, New York, Boni and Liveright. 倉智恒夫「芥川龍之介読書年譜—フランス文学関係図書—」『比較文學研究』第四十三号、一九八三年四月、一四一頁。

▼31 大澤富士子は、「或る阿呆の一生」と富永の「鳥獣剥製所」の関係について、主にボードレールを接点として検討している。「芥川龍之介と富永太郎との晩年の作品に関する一考察」『フェリス女学院大学日文大学院紀要』第一〇号、二〇〇三年三月、四一頁〜四六頁。

▼32 芥川龍之介「或阿呆の一生」『改造』一九二七年一〇月号、三頁。「或阿呆の一生」からの引用はこの初出版による。

▼33 フランソワ・ヴィヨン、佐藤輝男訳『大遺言書』弘文堂書房、一九四〇年三月、一頁。

▼34 『改造』一九二七年四月、一七三頁。

▼35 「続文藝的な、余りに文藝的な」にも、「ヴィヨンはとにかく大詩人だった。」という記述が見られる。

▼36 『佛蘭西文學研究』第二輯、一九二七年一〇月、一四三頁〜一六一頁。

▼37 紅野敏郎「青木南八と井伏鱒二」『群像日本の作家一六　井伏鱒二』小学館、一九九〇年一二月、二二三頁〜二三四頁。

▼38 一九二六年九月。

▼39 井伏鱒二、聞き手中村明「遊」『群像日本の作家一六　井伏鱒二』、一〇一頁。

▼40 初出は『新青年』第一一巻第二号、一九三〇年二月。その後、『夜ふけと梅の花』（新潮社、一九三〇年四月）に収録。引用は、『夜ふけと梅の花』による。

▼41 「青木南八」『文芸都市』第一巻第三号、一九二八年五月、及び同誌第一一号、同年一一月。本随想からの引用は、『井伏鱒二全集』第一巻、筑摩書房、一九九六年一一月による。

▼42 太宰、前掲書、三三頁。

▼43 佐藤輝夫「ヴィヨン考」『佛蘭西文學研究』第七輯、一九二九年一二月、一頁〜五二頁。

▼44 矢野目源一と城左門も一九三三年に出版した訳書を『ヴィヨン詩抄』（椎の木社、一九三三年一一月）としている。

▼45 鈴木信太郎「ヴィヨン結縁」『ヴィヨン雑考』創元社、一九四一年一一月、二四五頁〜二六二頁。

▼46 新潮文庫、一九三三年四月、一〇三頁。

▼47 この建物は後に早稲田高等学院の運動場の脱衣場になったと、井伏は述べている。河盛好蔵『井伏鱒二随聞』新潮社、一三三頁〜一四〇頁。

▼48 「井伏鱒二の作品について」『群像日本の作家一六　井伏鱒二』、八二頁。初出は一九三一年二月「都新聞」。

▼49 松江、前掲書、一〇五頁〜一〇六頁。

▼50 河盛、前掲書、一三八頁。「山椒魚」に関してであるが、太宰治も井伏の翻訳調に言及している。同書、二〇八頁〜二一〇九頁。

▼51　森岡卓司「（ポロリ、ポロリと死んでいく）と「こぞの雪いまいづこ」―中原中也におけるイロニーと他者―」『國文学　解釈と教材の研究』二〇〇三年一一月号、六三頁〜六八頁。

▼52「僕は、星を見たり雪を見たりして夜道を歩いた。ああ、去年の雪何處に在りや、いや、それはいけない思想だ、それより俺はずゐ分腹が減つている筈だ。僕は、再び星を眺め、雪を眺めた。」『文學界』一九四二年四月、五頁。

詩人と批評家――中原中也と小林秀雄のことば

中原中也と小林秀雄の名前を並べるとき、長谷川泰子を巡る三角関係を中心とした強固な神話から逃れることは難しい。実際、二人の詩人と批評家について語るとき、小林による中原の思い出を核として▼注1、大岡昇平や河上徹太郎といった友人達が情熱を込めて語った魅力的な物語▼注2を思わず反復してしまう▼注3。その結果、批評家や詩人の「ことば」そのものから読者を遠ざける結果を招きがちであることは否めない。確かに、小林と中原は私生活の上で葛藤した関係を持ち、濃密な言葉のやり取りをしたに違いない。しかし、それと同時に、あるいはそれ以上に、お互いの作品の中で「ことば」を反響させ、詩人として、批評家として、自己形成していったのではないか。「Xへの手紙」の中で、小林秀雄は「女は俺の成熟する場所だった。▼注4」と記すが、彼の批評家としての成熟は、長谷川泰子との実生活ではなく、詩人・中原の詩や評論との対話をその場としたというべきだろう。ここでは、小林秀雄と中原中也の「ことば」の響き合いに耳を澄ませながら、二人が詩人あるいは批評家として自己形成する過程をたどっていく。

富永太郎の肖像

一九二五（大正一四）年一一月一二日、富永太郎が病死する。ボードレールとランボーを深く愛したこの詩人は、小林を批評家にする上でも、中原を詩人にする上でも、大きな役割を果たした。富永は一九二三（大正一二）年九月二七日に小林に宛てた手紙の中で、「一つの脳髄」を賞賛し、この時点から二人の交友が確認される▼注5。他方、中原は一九二四（大正一三）年七月に京都で富永と出会い、彼からランボー等のフランス象徴派の詩を教えられた。そして、翌年三月に泰子を伴って上京した中原に小林を紹介したのも、富永である。その富永が僅かな詩を残して、この世を去る。その死から一年後、一九二六（大正一五）年一一月発行の『山繭』（第二巻第三号）は富永の追悼に充てられ、彼の数編の詩▼注6と、中原及び小林の追悼文が掲載される▼注7。それは、中原にとっては初めて活字になる散文であり、小林にとっては『佛蘭西文學研究』に「人生斫《しやく》斷《だん》家アルチュル・ランボオ」を発表した直後の批評文だった▼注8。『山繭』の巻頭に置かれた「追悼號に就いて」の中で、石丸重治は富永太郎について次のように語る。

象徴の世界にひたすら進み行つた彼を思ふことは自分にとつて常に慰めであり、喜びである。その詩並びに散文が持つ美を吾々は永く心に留め度い。その美が一時《ひととき》のものであるとは自分は決して思はない。夭折した彼は更に行く可き境地を廣々ともつて居たであらう。然し、彼の出發は既に彼の向ふ可き獨自の方向を把握し、未来の光の約束を思はせる。最後に載せられた散文詩「鳥獸剥製所」は恐らく彼の優れた語格《スタイル》と透徹した心の暗示とを示すものであらう。

象徴と暗示▼注9、そしてそれを表現する語格が、富永の詩の美を作り出しているとする石丸の追悼の辞は、当時の富永理解として一般的であったといえるだろう。しかし、この石丸の文は、非人称的であり、魅力に欠ける。それに対して、「富永を好く知る中原中也、及び小林秀雄の記事」は、すでに中原的であり、小林的である。中原は定型詩の詩人であり、彼の散文はぎこちなく、不器用な印象を与える。他方、小林の追悼文は、富永の詩をしっかりと受け止め、内在化した上で、小林的自己意識を通して表出された一個の批評作品となっている。中也は、その読後感を、「「富永太郎」読んだ。「―そこに彼の宿命があり、独創があった」そう、独創があった。▼注10」とだけ伝えている。

中原中也の「夭折した富永」は、追悼の意がほとんど感じられず、どこか棘がある。テーブルに肘をつき、ゆっくりと煙草の煙をあげる太郎の肖像が最初に描き出され、思い出としてふさわしい。しかし、その後になると、あまり好印象を与える記述はない。中原によれば、富永は誰の目にも「大人しい人」という印象を与え、寛容を知っていたが、他方、「自我崇拝閣下」ボードレールと同じような、都市に生きる「自我崇拝主義者」であった。「彼は教養ある「姉さん」なのだが、しかしそれにしては、ほんの少しながら物資観味の混つた、自我がのぞくのが邪魔になる。」これが、中原中也による、富永太郎の人間像である。しかも、詩人としての太郎について、中也は殆ど語らない。なぜなら、この時点で中也はすでに富永太郎の詩に対して、本質的な批判を抱いていたからだと推測される。追悼文の中では、それは遠回しに表現される。

富永は、彼が希望したやうに、サムボリストとしての詩を書いて死んだ。
彼に就いて語りたい、實に澤山なことをさし措いて、私はもう筆を擱くのだが、大変贅澤をいつても好いなら、富永にはもつと、想像を促す良心、實生活への愛があつてもよかつたと思ふ。だが、そんなことは餘計なことであらう。彼の詩が、智慧という倦鳥を慰めて呉れるにはあまりにいみじいものがある。

ここで中也が言及する愛は、一九二七（昭和二）年三月の日記に見られる、「富永の自ら誇つてゐる血色は椿花のそれのやうであり、それには地球最後の慈愛、かの肯定的な、或はコスミックなミスチック信念な《ママ》、善良な鬱悒《（うつゆう）》がない▼注11」という言葉と対応している。そして、「彼は芸術家ではなかつた。彼は器物に対する好趣を持つてたまでだ。（中略）彼の遺した十篇余りの詩は（中略）芸術の影であつた！▼注12」と、直接的な批判が続く。そこからは、サンボリストという言葉にも、皮肉が込められていることを読み取ることができる。つまり、現実生活における人間的な愛憎以上に▼注13、詩人としての富永、あるいは富永の詩に対して、中原中也という詩人が不満を抱いていたことになる。

中也は一時、富永の影響下で詩を書いていた。一九二五（大正一四）年春の作とされる「在る心の一季節」は、すでにしばしば指摘されるように▼注14、一九二四年一二月発行『山繭』に掲載された富永の「秋の悲歎」を下敷きにした散文詩である。冒頭の一句からは、明らかに富永を模倣する中也の意図が感じられる。

私は透明な秋の薄暮の中に堕ちる。戦慄は去つた。（「秋の悲歎」▼注15）

最早、あらゆるものが目を覚ました、黎明《れいめい》は来た。（「在る心の一季節—散文詩」▼注16）

富永は、この詩を小林秀雄に送りながら、「は、あランボオばりだな、と言つてもい、。」と記し、大岡昇平によれば、詩の発想は『地獄の季節』の終章に置かれた「別れ」から来ているという▼注17。従って、富永からランボーを教えられた中原が、その影響圏内で先達の硬質な散文を手本にしたとしても不思議ではない▼注18。しかし、中也の詩的資質が求めるものは、そこにはなかった。彼には、五七調のリズムで刻まれる歌が必要だった。そこで、題名は富永を下敷きにしながら、秋を歌おうと試みる。それが「秋の愁嘆」である。

あゝ、秋が来た
眼に琺瑯《ほうろう》の涙沁《し》む。
あゝ、秋が来た
胸に舞踏の終らぬうちに
もうまた秋が、おぢやつたおぢやつた。
野辺を　野辺を　畑を　町を
人達を蹂躪《じゅうりん》に秋がおぢやつた▼注19。

一九二五年一〇月七日と日付が付されたこの詩は、すでに中也節になっている。加藤典洋はこの点について、以下のように述べる。中原は、「富永の詩の硬質な高度な達成に、同様に高度な達成をもって対峙するのではなく、「あゝ、秋が来た／眼に琺瑯の涙沁む」と七五調に区切られる、全く違った方向の詩、つまり「うた」をもって向き直ろうとするのである。▼注20」ここで言われている「向き直る」とは、富永の詩からの離反を意味している。その上で、中也は、「おぢやつたおぢやつた」と戯けてみせ、富永の直線的で切迫した調子を茶化しつつ、自らの歌を見いだしつつあった。言い換えれば、病床の富永が種々の理由から中也を避けるようになったという現実的な理由以上に、中也自身が富永の詩に「芸術の影」しか見なくなったのだといえる。さらに言えば、画家でもあった富永の「器物に対する好趣」、つまり視覚を中心とした造形的世界像に対して、耳の詩人[注21]・中也が違和感を覚えていた。その反発が、「秋の愁嘆」から一年後に書かれた「夭折した富永」の中の屈折した散文に反映していると考えても、間違ってはいないだろう。

中原は、富永の生前からすでに異なった詩の世界へと進み始め、一九二六（大正一五）年五月頃には、その最初の結実である「朝の歌」に達する。その詩は、「天井に　朱《あか》きいろいで／戸の隙を　洩れ入る光」で始まり、「土手づたい　きえてゆくかな／うつくしき　さまざまの夢」と締めくくられ、後年、「「朝の歌」にてほゞ方針立つ[注22]」と中也は記すことになる。そのような視点に立つと、詩において、中原は富永の死の前から、すでに詩人・富永に対しては別れを告げていた。従って、「夭折した富永」に哀悼の意がほとんど感じられないのは、詩人としての中原中也の誠実の証だとも言える。人間としては、「富永がいまさらのやうに憶い出される。」としても。

中原の追悼文とは反対に、小林の「富永太郎」には、友を悼む気持ちが溢れ、痛切である[注23]。しかしそれは、友の死を悲しむというだけではない。小林の自意識が詩人としての富永の生を我がものとし、そこから批評を紡ぎ上げていく。中原の散文が詩としても追悼文としても不十分であるとすると、小林の散文は、富永の散文詩を思わせる硬質さを持ち、その富永の詩的世界を描き出し、批評の言語としての輝きに満ちている。

中原と小林によって描かれた富永の二つの肖像画を比べてみよう。

ほつそりと、だが骨組はしつかりしてゐた、その軀幹の上に、小さな頭が載つかつてゐた。赤い攣れた髪毛が額に迫り、その下で紅と栗との軟い顔がほつとり上氣してゐる。黒く澄んだ、黄楊の葉の目が、やさしく、ただしシニカルでありたそうに折々見上げる。彼は今日、重鬱なのだ。卓子に肘を突いたまま、ゆつくり煙を揚げてゐる。尤も契つてゐるものだけはうまそうだが。戸外は─地面は半ば乾いてあつたかい、空を風は、目標ありげにとぶ、梅雨期の或る一日だ。(「夭折した富永」)

消耗性の紅潮を帯びた美しい顔を傾けて、新鮮な牡蠣の様に生々しい双眸で薄暮を吸い乍ら、富永の裸身は、凋んだ輕氣球の様な茶褐色の背廣につゝまれて、白挨を敷いた鋪石の上を動いて行く─。(「富永太郎」)

この二つの肖像は、どちらも富永自身の自己像に基づいている。パイプは富永のトレードマークと言え、「橋の上の自画像」や「秋の悲歎」で言及される。他方、都市を彷徨う姿は、「無題京都」の自画像である。そうした富永の描く像を元にしながら、中原の描く富永は、縁側かどこかに置かれたであろうテーブルに肘をつき、煙草をくゆらせながら、梅雨時の空を眺めている。ここでの中原のことばは、重鬱という語を除いては、口語的でやわらかであり、富永の散文とはかけ離れている。

それに対して小林は、都市の歩行者としての富永の姿を、富永の散文に匹敵することばで描く。実際、小林は、自身の筆になるこの肖像画を、「今は降り行くべき時だ▼注24」という「秋の悲歎」からの引用と、「花の様に衰弱を受けた」という「断片」からの引用で取り囲んでいる。そして、もしこの二つの単文に引用符が施されていなければ引用だと気づかないほど、二人のことばは均質である。しかも、中原の肖像とは異なり、都市放浪者の姿は小林の追悼文全体の論旨の中に組み込まれ、詩人・富永の姿が生き生きと定着されている。

「おい、此處を曲ろう。こんな處で血を吐いちや馬鹿々々しいからな」―僕は、流竄の天使の足どりを眼に浮かべて泣く。彼は、洵に、この不幸なる世紀に於いて、卑陋なる現代日本の産んだ唯一の詩人であつた。

最初の言葉は散文からの引用ではなく、実際に街を歩き回りながら、富永がはき出した生の声だろう。その声の響きに心を揺さぶられ、「僕は（中略）泣く」。ここには、人間としての小林の痛切な悲しみが表出されている。と同時に、富永をランボーと重ねることで、最も大きなオマージュを捧げている。小林は、最初に描いた都市放浪者をここで「流竄の天使」と読んでいるが、その表現は、一ヶ月前に発表されたばかりの「人生斫斷家アルチュル・ランボオ」の中で、ランボーを指して使われたものだった▼注25。富永が小林に「秋の悲歎」を送ったとき、「ランボオばりだな、と言つてもい丶」と書き送ったが、小林はまさに富永にとって最高の賛辞を送り、詩人の魂を追悼しているのである。「僕は、君の胸の上で、ランボオの「地獄の一季節」が、君と共に燒かれた賞贊すべき皮肉を、何と言ひ得よう？」ここには、痛切な悲しみと同時に、富永の詩に対する高い評価が表出されている。

しかも、小林は他者として友の死に涙を流しながら、詩人の生を、そしてことばさえも内在化している。中原による肖像も富永の自画像を描き直したものであるが、しかし、パイプをくゆらせるという外から見た姿を取り上げたにすぎず、用いられたことばは富永の散文とは異質である。それに対して、小林は、富永のことばを自己の中で生き直し、同質のことばで語り直す。彼は、追悼文を、「虚無の相貌を點檢し了り、瀝青《チャン》色の穹窿を穿つて、エデンの楽園を覗かんとする卑劣を放棄した時、詩人は、最初の毒を噏まねばならない―。」という一節から始める。この冒頭のことばは、「秋の悲歎」と「断片」との対話である。「秋の悲歎」の中で、「私は炊煙の立ち騰る都會を夢みはしない――土瀝青《チャン》色の疲れた空に炊煙の立ち騰る都會などを。（中略）

かの「虚無」の性相《フイヂオゲノミー》をさへ點檢しないで濟む怖ろしい怠情が、私には許されてある。」と綴った富永。また、「断片」では、「燃えるエデンのやうに超自然的な歡喜を夢みながら、悲しんで歩んだ。▼注26」と独白する富永。そのことばを受けるところから、小林は追悼文を始める。詩人は、虚無の点検を終わり、空の彼方に赴き、エデンを夢見るのを止めたとき、毒を仰いだのだ、と。そう言う小林のことばは、富永のそれを受け止め、反復する。同じ事は、「そして彼は、その短い生涯を、透明な衰弱の形式に定著しつゝ、二十五で死んでしまつた」という簡潔な文の中心に位置する「透明な衰弱の形式」という表現についても言うことができる。「断片」の最後の節を始める「衰弱の一形式」と対応している。そして、そこに「透明な」という形容を付け加えることで、より大きな効果を生み出す。このように、小林は、富永の散文から核となることばを吸収しながら、富永と同質の散文を作り上げる。その結果、小林のことば自体が、あたかも散文詩として成立することになる。

また、小林は、富永の肺臟は「ボオドレエルの假面を被つた「焦慮」」に蝕まれていたと記す。中原もボードレールの翻訳者である富永太郎をフランスの詩人と重ねるが、それは自我という邪魔物を崇拝する者という側面を強く印象づけるためだった。他方、小林は、まず「ボオドレエルの假面を被った「焦慮」」といい、その仮面が富永にとっては真実であったとする。小林は、そうした富永に「條忽たる生命の形式」を見、「二十五歳で枯渇した▼注27」ボードレールと重ね合わせる。その死はあまりにも早すぎると素直に表現できないほど、小林には富永の死を受け入れることが困難だったのではないか。そのような死は、たとえ「感傷的な昇天」であるとしても、結局は「最も造型的な喜劇の一形式」であり、詩人にとって死とは喜劇にすぎない。彼は、最初の毒を飲み下したとき、すでに「虚無の影」を見てしまったのだ。こうした論理で、人間・富永の死に涙しながら、詩人・富永をボードレールやランボーに比肩しうる「現代日本の産んだ唯一の詩人」と讃える。

「君の苦脳が、生涯を賭して纏縛した繃帯を引きちぎつて、君の傷口を點檢する事は、恐らく僕に許されてはいないだろう。」小林がこのように記すときこそ、彼の批評のあり方が決まった瞬間だといえる。作品を細かく切り裂き、分析することを、小林は拒絶する。対象を外から客観的な視線で見るのではなく、対象と交わり、対象と一体化し、涙し、自己を語る。そこには、小林自身によって後に理論化される批評文が、すでに成立している。

見ることと歌うこと

富永太郎に対する追悼文の示す小林秀雄と中原中也の違いが、友情の継続と破綻を反映していることは確かであろう。しかし、それ以上に、小林と中原の資質の違い、芸術観の違いに由来するものと考えられる。画家でもあった富永とともに、小林の美神は造形的であり、視覚的である。それに対して、中原は聴覚に導かれ、歌うことを中心に据える。もちろん、そうした違いの底には、同様の通奏低音が響いており、それゆえにこそ、二つの魂が反発しあいながらも共鳴し、二人の間の対話が成立し、実り豊かなものとなった。

富永論が公表された後、小林は「測鉛」という題名の下、アフォリスム風の短文を発表し、その中で、見ることを強く打ち出している。「人間は現實を創る事は出来ない。たゞ見るのだ、夜夢を見る様に。人間は生命を創る事は出来ない。たゞ見るのだ、錯覺を以て。▼注28」また、「芥川龍之介の美神と宿命」の中では、「あらゆる藝術は「見る」という一語に盡きるのだ。▼注29」とまで言い切る。ここで注意したいことは、夢や錯覚という言葉と見ることとが並列され、現実と幻想、可見世界と不可見世界の区別を取り払っていることである。小林の言う「見る」とは、対象から距離を置き、客観的な視線で対象を捉える行為ではない。小林の言葉を借りれば、「あるが儘に見るとは藝術家は對象を最後には望らしい忘我の謙譲をもって見るという事に他ならない。▼注30」我を忘れた状態で見るということは、実は、ランボーの詩の錬金術を語る際にも、次のような言葉で説かれていた。芸術家が創造を行うとき、つまり、「世のあらゆる範型の理智を、情熱を、その生命の理論の中にたたき込む」とき、「彼の眼は、癡呆の如く、夢遊病者の如く見開らかれてゐなければならない。或は、この時彼の眼は祈禱者の眼でなければならない。▼注31」このような忘我の状態で見るとき、自己と対象の距離はなくなり、二つは同じ生を生きる。さらに言えば、認識、つまり考えることが「生命への反逆▼注32」であるとすると、小林的「見る」ことは認識以前にあり、生命そのものということになる。

見ることに関して、小林は一九二九（昭和四）年九月に発表した「様々なる意匠」の中で、ジェラール・ド・ネルヴァルの次の一文を引用する。「この世のものであらうがなからうが、私は斯くも明瞭に見た處を、私は疑ふ事は出来ぬ。▼注33」現実と非現実を混同することは一般的には狂気の印と見られ、実際にネルヴァルは狂詩人とも呼ばれた。しかし、小林は、心的現象と外的現象の両者を「現實として具體として受け入れる謙譲」が「最上藝術家の実践の前提」だとし、見ることの意味を明らかにしている。そこで明らかになるのは、狂気と呼ばれる極度に鋭敏な神経が、主客分離以前の映像を現出しうるということである。

　その直後、中原中也はネルヴァルに関して、小林の記述に対する反論とも考えられる説を提出した。中也は、一九二九（昭和四）年一〇月、ネルヴァルの紹介と数編の詩の翻訳を出版し▼注34、その中で、ネルヴァルを「間抜ケ野郎」を呼ぶ。というのも、中也によれば、ネルヴァルは豆腐屋のラッパの音が聞こえても、自分の観念の世界に籠もり、現実に豆腐屋を呼び止め、豆腐を買うことができない。ここで中也は、現実世界と観念の世界を峻別し、ネルヴァルは内的世界に閉じこもり、外部に出ることのできない、「陶酔の一形式」であるとする。その場合、陶酔は内的世界の側に置かれ、主客を分離する二元論的な世界観を前提としている。

　こうした概念的な対立以上に興味深いのは、中也の例が、「見る」ことではなく、「聞く」ことに基づいていることである。中也は、豆腐屋の映像を描くのではなく、ラッパの音だけを響かせる。「豆腐売りのラッパは斯々《かくかく》の時刻に斯々の音色を以て鳴り亘《わた》ると知つてゐたにしてからが、それが鳴り出した時仮りに郷愁の裡《うち》にゐて、それが聞こえることがその郷愁の空を彩る一幻想としてしか知覚されない状態に人が常住ある」ということばは、映像よりも音響の方がはるかに強い印象を生み出すことを示している。ネルヴァルは「豆腐売りのラッパに酔う」のであって、その姿を見るのではない。

このように、ジェラール・ド・ネルヴァルについて言及するとき、小林秀雄は「見る」ことに焦点を当て、中原中也は「音」を中心とした例を挙げる。そして、音は歌へとつながる。中也の詩が視覚的である以上に音楽的であり、歌そのものであることは、従って、中也自身の持つ資質によってごく自然に導かれたといってもいいだろう。

考える蜈《むかで》と自然な皺

小林も中原も、見ること、聞くことに留まるのではなく、表現者として、そこから先に進むことになる。言い換えれば、芸術家は、生命に型を押しつけ、表現する仕事を否応なく行う運命にある。「測鉛」の小林は、その点について比喩的に語る。

人間が見たものを表現しようとするのは、蜈が歩くのに何の足から動かさうと考へるのと同じである。蜈は一寸でも動けるか？　若し少しでも動けたならそれが作品といふもの

である。▼注35

蜈が足を動かす方法を考えるとは、芸術家が創作法について考えることと同義であり、表現しようとすることは、見ること＝生きることからの離脱を必然的に引き起こすことになる。このような、「見る」と「表現」という二分法に基づいた芸術論について、ここでの小林は、「蜈は一寸でも動けるか？」と謎をかけたまま、それ以上に踏み込むことはしない。実際には、彼は、エドガー・ポーからボードレールに引き継がれた芸術論に則り、「如何に熱心さの火が強いにせよ、それが有効になり動力になるためには、在る機械によつて藝術がそれを運轉せねばならぬ。▼注36」というポール・ヴァレリー的な思考を自らのものとしていた。小林自身、ランボー論では、「創造といふものが、常に批評の尖頂に据つてゐる▼注37」という表現で、自己の芸術観を鮮明にしていた。

では、同じ問題について、中原中也はどのように考えているのか。小林の「測鉛」が発表される以前か以後かははっきりしないが、彼は、小林秀雄に向けて一つの短い詩論を書いている。「小詩論　小林秀雄に▼注38」と題されたその未発表の小論には、「友よ、この一文を書きたくなつた今晩君が傍にゐて呉れたら僕は大変沢山なことが喋舌《しゃべ》れた。」とあり、二人の間に濃密な対話のあったことをうかがわせる。その中で中原も、見ることと生きることの同一性を当たり前のことのように受け入れている。

> ヴェルレエヌには自分のことは何にも分らなかつた。彼には生きることだけが、即ち見ることだけがあつた。それが皺となつたその皺は彼の詩の通りに無理のないものだつた。

ここで中也は、生きることと見ることは同じことであると考え、小林と同一の世界観に基づいている▼注39。しかし、それから先に違いが生まれる。中原は、蜈の歩き方について言及する小林とは異なり、皺が形成されるさいの表現過程を想定していない。歳を取れば自然に皺ができるように、何かを思えばその結果その思いの皺が必然的にできるというのである。

> 生きることは老の皺を呼ぶことになると同一の理で想ふことは想ふこと〻しての皺を作《(な)》す。
> 想ふことを想ふことは出来ないが想つたので出来た皺に就いては想ふことが出来る。
> 私は詩《うた》はこの皺に因るものと思つてゐる。

こう考えた場合、ヴェルエーヌの詩は、彼の生あるいは想いがそのまま皺になったものだということになる。詩は、人が「家を見て何等かの驚きをな」すとすると、その驚きの想いの表現であり、家という対象を描写するものではない。しかし、想いを書かず、対象を記録したため、詩人の仕事が困難になってしまったと中也は言う。つまり、生のしるしであるはずの詩が生から離れ、形而上学的なことばでしかなくなってしまったというのが、中也の主張である。当時彼が好んで用いた用語を使えば、詩とは、ベルグソン的「純粋持続▼注40」の表現に他ならない。そして、それを伝えられるのは、歌である。

私には過去と未来が分らなくなつた。
それで私に統覚作用がない。
私は現在を呼吸するばかりだ。
肉弾で歌ふより仕方がないのだ。

先祖達の習慣が私の中で、
精巧な銃があれば好いにと言ふ。
肉弾で歌ふ歌は、
分り易い代りに頼りがない。

小林に宛てた「小詩論」の最後に付したこの詩の中で、中原はこのように歌う。過去と未来の区別がなく、現在のみというのは、「純粋持続」を暗示している▼注41。統覚作用がないというのは、対象と一体化して、自己と世界が分離していない状態を指していると考えられる。その中で、詩人は「肉弾で」歌う。そして、「肉弾」と「精巧な銃」が対比されることで、「蜈は一寸でも動けるか？」と「詩の原理」を問う小林と、間接的な形で対話しているのである。

創造と詩の原理に関して、小林は、考えることから動くことへという思考を鮮明にする。一九二七（昭和二）年一一月の「「悪の華」一面」で、「自意識の化学」という名前を与えられた芸術論によれば、美神という形態が自意識に先行し、変容の化学（錬金術）はその後に起こる。

凡そ如何なる藝術家も藝術を型態學として始めるものだ。彼は先ず美神の裡に住むものだ。かゝる世界に於いても藝術家は多少は美しい仕事を残す事が出來る。だが詩歌とは畢に鶯の歌ではない。やがて強烈な自意識は美神を捕へて自身の心臓に幽閉せんとするのである。この時意味の世界は魂に改宗的情熱を強請するものとして出現する。僕は信ずるのだがこれは先に一目的に過ぎなかつた藝術を自身の天命と變ぜんとするあらゆる最上藝術家が經驗する一瞬間である▼注42。

この小林の批評自体が「精巧な銃」に支えられ、頼りがいの姿を示しており、中原の「分かり易いけれど頼りがない」詩句とは正反対の姿を示している。小林は、ボードレール、さらに言えば、最上の芸術家一般について語りながら、自己の批評の方法をも語っている。この批評のことばが富永太郎的な散文詩と同じ硬質な美しさを持つのは、小林の美神が彼の自意識と化学反応を起こした結果であろう。
これに対して、中原は翌一九二八（昭和三）年一〇月に発表した「生と歌」▼注43の中で、自己の立場を明確に表明する。

近代の作品は、私には、歌ほうとしてはゐないで、寧ろ歌ふには如何すべきかを言つてゐるやうに見える。歌ではなく歌の原理だ。（中略）つまり近代は、表現方法の考究を生命自体だと何時の間にか思込んだことである。

中也は「原理」に対する否定的な態度を変えない。あくまでも生の叫びが先にあり、その時に自然に発せられる「あゝ！」という声が歌の根本だとみなす。もちろん、「あゝ！」という叫びの前に、方法論的な考察はない。中也にとっては、まず行為が先にある。

行へよ！　その中に全てがある。その中に芸術上の諸形式を超えて、生命の叫びを歌う能力がある。

形式を通して生を表現しようとすると、生命、叫び、驚きそのものではなく、その対象を記録し、描写することになってしまう。従って、中也の視点からすれば、生を捉えるためにはまず肉弾で歌うほかない。そして、彼は、一九二九（昭和四）年四月から『白痴群』に、次々と彼の詩《うた》を公表していく▼注44。

小林秀雄と中原中也の対話は、生の思想を基盤としながらも、表現方法や形式の位置について相容れないままであった。小林の蜈は考えながら足を動かし、中原の皺は自然にできあがる。

詩と批評と

小林は詩人の歌に、中原は批評家の論理に、惹かれながら反撥する。「河上に呈する詩論▼注45」の中で、「芸術とは、自然の模倣ではない、神の模倣である！／（なんなら、神は理論を持ってはしなかつたからである。）」と記す中原の念頭にあったのは、小林の影であろう。「詩と詩人▼注46」では、小林の批評の中核を占める「自意識」ということばを取り上げ、次のように宣告する。「所謂自意識は人を不自然にする。（中略）詩人は純粋持続を壊ちはしない。」そして自意識によって不自然にされていない詩人は、芸術の始源にあった「生の歓喜」としての叫びを再現する。その叫びは、

　抽象的でも具体的でもない。又あらゆる習慣、あらゆる思索の便宜に作られた言葉、あら

ゆる名辞以前にあるものだ。定型がない。一つの向勢があるばかりのものだ。そして向勢は諸物の形象を時間的に聚集する。それはまた必然の律動を呈す。―　それが詩だ。

必然の律動に乗って歌われることばこそ、中也の詩に他ならない。純粋持続、名辞以前にあるもの▼注47に定型など存在しない。しかし、一つの向勢があり、先の比喩であれば、生の流れあるいは勢いが皺を作る。あるいは叫びとなる。その叫びをことばで現すための方法論はなく、その叫びをただ歌うしかない。それをできる者こそが、詩人であると考えているのであろう。

他方、小林は、詩人であることは同時に理論家でもあり、その両者の逆説的な関係のうちに現代芸術は成立しているとみなす。「『悪の華』一面」の中で、小林自身、思索家と詩人の絶対的な差異についてこう告白している。

> 彼等（誠実な体系的思索家達）は詩人が如何に深刻に見たかという事を點検して、これを一つの不可知とするが、詩人が如何に深刻に歌つたかという事に至つてはこれを不可知と仕様にも何等の契點も發見する事の出来ない程彼等と絶縁したものとなる▼注48。

思索家も詩人の見たものを点検することはできる。しかし、「歌」は不可知であり、そこにこそ思索家と詩人の絶対的な差異が横たわっている。これを小林が書いたとき、批評家・小林に対して詩人・中原の優位は明らかである。

しかし、その断絶を超えない限り、小林の批評は成り立たない。では、どのようにして、批評を歌と同じ地平に置くことが可能になるのか？　実は、その解決は、すでに富永太郎の追悼文の中で、行われていた。ただし、明確な形で理論化されるまでには、中原とのこれまでたどってきた対話が必要であった。そしてその理論は、一九二七（昭和四）年の「様々なる意匠」において、批評のことばとして語られることになる。

一體藝術家達の仕事で、科學者が純粋な水と呼ぶ意味で純粋なものは一つもない。彼等の仕事は常に、種々の色彩、種々の陰翳を擁して豐富である。この豐富性の為に、私は、彼等の作品から思う處を抽象する事が出来るのだ、と言う事は又何物を抽象しても何物かが殘るといふ事だ。この豐富性の裡を彷徨して、私は、その作家の思想を完全に了解したと信じる、その途端、不可思議な角度から、新しい思想の斷片が私をさし覗く。ちらりと見たが最後だ、斷片はもはや斷片ではない、忽ち擴大して、今定著した私の思想を呑んで了ふ。この彷徨は正に解析によつて己れの姿を捕へんとする彷徨に等しい。かくして私は、私の解析の眩暈の末、傑作の豐富性の底を流れる、作者の宿命の主調低音をきくのである。この時私の騒然たる夢はやみ、私の心が私の言葉を語り始める、この時私は私の批評の可能性を悟るのである▼注49。

「批評とは竟に己の夢を懐疑的に語る事ではないのか!」というう有名なことばを展開したこの一節は、批評家が詩人と同じ地平に立つことの宣言であるといえるだろう。「私」が作品を解析すると同時に、その思想の断片が私を見、理解したと思う私の思想を呑み込む。ここでは、見る者と見られる物の主客が逆転し、両者は同じ生の地平に位置する。そして、「私」と作品あるいは作者の思想との間の、この相互作用のために、批評の対象は作者の作品であると同時に「私」自身でもあるということになる▼注50。小林的な批評とは、対象を外在的に見て、それを物差しで計るものではない▼注51。詩人と「見ること」を共有し、詩人が歌うように、批評の散文を綴る▼注52。それは、対象を前にした批評家の驚きの表現でもあり、叫びでもある。詩人が理論を内在するように、批評も詩を内在する。

小林秀雄と中原中也。二人は、詩と批評として書き付けられたことばのやり取りを通して、中原は現代詩人に、小林は現代批評の創始者に、自己形成していったといえるだろう。

注

▼1 「死んだ中原」『文学界』一九三七年一二月号。「中原中也の思い出」『文学界』一九四九年八月号。
▼2 『大岡昇平全集』第一八巻、一九九五年一月。河上徹太郎『わが中原中也』昭和出版、一九七四年八月。

▼3　江藤淳『小林秀雄』講談社、一九六一年一一月。饗庭孝男「中原中也と小林秀雄」吉田凞生篇『中原中也の世界』冬樹社、一九七八年四月、一一四頁～一三二頁。中村稔「中原中也と小林秀雄」『現代詩手帖』二〇〇七年四月号、一〇頁～三七頁。北川透「中原中也の死　小林秀雄の戦争」『中原中也集成』思潮社、二〇〇七年一〇月、七四頁～一〇一頁。

▼4　『中央公論』一九三一年九月、（創作）八八頁。

▼5　大岡昇平『富永太郎　書簡を通して見た生涯と作品』中央公論社、一九七四年九月、六七頁。

▼6　「四行詩」「頌歌」「恥の歌」「無題　京都」「橋の上の自画像」「秋の悲歎」「断片」「鳥獣剥製所」

▼7　以下、石丸重治、中原、小林の追悼文、及び富永の散文詩の引用は、『山繭』第二巻第三号（一九二七年一一月）による。

▼8　小林と富永は一九二四年一二月の『山繭』創刊に参加していたが、翌年五月には脱退していた。

▼9　暗示は、岩野泡鳴が表象主義論を展開する場合の中心的な概念である。「人の生命なる発想は、云い切り、云い蓋しではなく、暗示にあること。」アサ・シモンズ著、岩野泡鳴訳『表象派の文學運動』（新潮社、一九一三年一二月）所収「譯者の序」、一五頁。

▼10　一九二六年一一月一六日付け小林秀雄宛の手紙。『新編中原中也全集』第五巻　日記・書簡　本文篇、二〇〇三年四月、三四六頁。以下、中原中也の作品及び日記、手紙等の引用は、『新編中原中也全集』（角川書店）に依り、『新編全集』と記し、巻号、頁数を付す。

▼11　『新編全集』第五巻、二八頁。

▼12　同前。

▼13　富永は死の直前、中原の面会を拒絶するようになっていたという。大岡昇平『富永太郎』、三一七頁。

▼14　『新編全集』、第二巻、七二頁。佐々木幹郎『中原中也』ちくま学芸文庫、一九九四年一一月、一四七頁～一五三頁。

▼15　『山繭』第壱號、一九二四年一二月、二頁。

▼16 『新編全集』第二巻、一一〇頁。

▼17 『富永太郎』、二四六頁及び二四九頁。大岡は「別れ」を誤って「秋」と記している。

▼18 「ある心の一季節」という題名は、ランボーの『地獄の一季節』も連想させる。

▼19 『新編全集』第二巻、一一四頁。

▼20 加藤典洋「モノの否定」、『群像　日本の作家一五　中原中也』一九九一年六月、二三三頁。

▼21 「絵を描く詩人としての富永は、ダダイストの中原が音に敏感な「耳の詩人」であったとするなら、「目の詩人」であっ」たと、佐々木幹郎は二人の詩人を対比する。前掲書、一三八頁。

▼22 「詩的履歴書」『新編全集』第四巻、一八四頁。

▼23 一九四一年一月出版の『富永太郎詩集』(筑摩書房)に付された、小林の「富永太郎の思い出」の中では、「自分は、当時、本当に富永の詩を悼んでいたのだろうか、という答えのない疑問に苦しむ。」と記されているが、これは後年の思い出であり、また、そうした疑問に苛まれるほど、小林にとって富永の死は痛切であったといえる。

▼24 同前。

▼25 同前、八六頁。

▼26 同前、一七頁。

▼27 「「悪の華」一面」『佛蘭西文學研究』第三輯、一九二七年一一月、一五三頁。二五歳でボードレールが涸渇したという考えは、小林秀雄の恩師、辰野隆の次のような考察から来ているものと思われる。「ボオドレエルが一八四五年に世を去つたとしても、彼は依然として『悪の華』の詩人としての価値は認められたであろう。何故なら、當時『悪の華』は未だ出版されてはゐなかつたが、その大部分は既に書かれてゐたのである。」『ボオドレエル研究序説』第一書房、一九二九年一二月、二一頁。ちなみにボードレールは一九二一年生まれ。

▼28 『手帖』一九二七年五月、一二頁。

▼29　『大調和』一九一七年九月。五八頁。
▼30　同前。
▼31　「人生斫斷家アルチュル・ランボオ」『佛蘭西文學研究』第一輯、一九二六年一〇月、一九二頁〜一九三頁。
▼32　「「悪の華」一面」、一四八頁。
▼33　『改造』一九二九年九月、一〇九頁。
▼34　「ヂェラルド・ド・ネルヴァル」『社会及国家』一九二九年一〇月号、七九頁〜八五頁。『新編全集』第四巻、一六頁〜二二頁。
▼35　『手帖』、同前。
▼36　ポオル・ヴアレリイ、河上徹太郎譯「レオナルド・ダ・ヴィンチ方法序説」『白痴群』第貮號、一九二九年七月一日、三四頁。山本省「ヴァレリーの第二のレオナルド論『覚書と余談』をめぐって」『信州大学教養部紀要』第二四号、一九九〇年、七六頁参照。
▼37　「人生斫斷家アルチュル・ランボオ」、一九二頁。
▼38　『新編全集』第四巻、一〇六頁〜一一〇頁。
▼39　有田和臣「初期小林秀雄と生命主義 ―「生の哲学」と人格主義の接点―」『文学部論集』（佛教大学）第九一号、二〇〇七年三月、一頁〜一二頁。
▼40　ベルグソン哲学に関して、中原は西田幾多郎を通して多くを知ったのではないかと考えられる。吉武博『中原中也―生と身体の感覚』（新曜社、一九九六年三月）所収「中原中也と西田幾多郎」二四七頁〜二七二頁参照。
▼41　「我々の自己の外から見れば知覚、記憶、努力など種々の要素より成立しているようであるが、深きその内部には一つの不断的な流動がある。（中略）この流動というのはつまり状態の連続であるが、各状態が将に来たらんとする状態を指し、また已に去れる状態を含んでいる。（中略）ベルグソンはこれを内面的持続または純粋持続 durée interne, durée pure といっている。」西田幾多郎「ベルグソンの哲学的方法論」『芸文』

一九一〇年八月。引用は、『思索と体験』岩波文庫、一九八〇年九月、一一九頁。
▼42 「「悪の華」一面」、一四七頁〜一四八頁。
▼43 『新編全集』第四巻、九頁〜一五頁。
▼44 加藤邦彦「中原中也、その文学的出発―「朝の歌」から「白痴群」創刊前後まで―」『日本文学研究』(梅光学院大学)第三九号、二〇〇四年一月、九四頁〜一〇六頁。
▼45 『新編全集』第四巻、一二〇頁〜一二一頁。
▼46 同前、一二三頁〜一二四頁。
▼47 吉武博「名辞以前の世界」前掲書、二二一頁〜二四六頁。
▼48 前掲論文、一四七頁。
▼49 『改造』一九二九年九月号、一〇四頁。
▼50 こうした小林の姿勢を清水透は「エゴティストな批評方法」と呼び、そこにヴァレリーの影響を読み取る。清水透「小林秀雄におけるポール・ヴァレリーの受容について」『群像　日本の作家　一四　小林秀雄』小学館、一九九一年一〇月、二一四頁〜二二四頁。
▼51 「趣味のない批評家、つまり良心のない批評家は如何なる作品の前に立つても驚かぬ。何故つて徐にポケットから物差を索り出せばよいからである。」「測鉛」『大調和』一九二七年八月号、六二頁。
▼52 「人生斫斷家アルチュル・ランボオ」から「様々なる意匠」にかけての批評家の立つ位置の変化については、森本敦生「批評言語と私―小説―論　ヴァレリーから小林秀雄へ」『言語社会』第五号、二〇一一年三月、一五〇頁〜一六九頁参照。

小林秀雄　ランボー　ヴァレリー——斫断《しやくだん》から宿命へ

小林秀雄が、彼の批評活動の最初期にアルチュール・ランボーから決定的な影響を受けたことはよく知られている。ランボーとの出会いは彼にとって一つの「事件」であったとされ、その体験が一九四七（昭和二二）年一〇月に発表されたランボー論の中で、劇的に描き出されている。「ある本屋の店頭で、偶然見付けたメルキュウル版の「地獄の季節」の見すぼらしい豆本の中に、どんなに烈しい爆薬が仕掛けられてゐたか、僕は夢にも考へてはゐなかつた。▼注1」小林は、「見すぼらしい豆本▼注2」と「烈しい爆薬」という二つの表現を対比させ、偶然見つけたランボーのちっぽけな本がいかに大きな事件となったかを印象的に語る。その結果、小林におけるランボーの受容を考えるとき、否応なしにこの回顧的な文に導かれてしまう。もちろん、それほど小林秀雄のことばが読者にとって魅力的であることの証明でもあるのだが、しかし、そのレトリックに捉えられすぎることは初期の小林を探る上で危険を伴う▼注3。若き小林がランボーという詩人からどのような滋養を得たかを知るためには、一九二六（大正一五）年一〇月に公表された「人生斫斷家アルチュル・ランボオ▼注4」を、同時代的な視点から読み解く必要があるだろう。

ところで、一般に「ランボオ　一」という題名で収録されているものは、一九三〇（昭和五）年に発行された白水社版『地獄の季節』の序文であり、東京帝国大学仏文学研究室の論文集に掲載された論文とは若干異なっている▼注5。一九二六（大正一五）年の「論文」の中では、詩の引用はフランス語のままであることが多く、その場合、翻訳は付されていない。また、一九三〇年の「序文Ⅰ」では引用の削除と付加が行われ、同じ詩の引用でも詩句が異なることがあり、本文にも多少の異同が見られる。さらに、注が施され、論文としての体裁を呈している。従って、後の版よりもより直接的に仏文の学生であった小林秀雄の呼吸を感じ取ることが出来る。

斫断と錬金術

小林のランボー論は、詩の本質に迫る前に、詩人という存在を外部から描き出す。そこで対象になるのは、ヴェルレーヌとの出会い、放浪、そして、文学を捨てた後の二〇年間を商人として過ごしたランボーの人生▼注6。また、ヴェルレーヌとの対比の中で、ヴェルレーヌを「酩酊の詩人」「恐ろしく無意識的な生活者」とする一方、ランボーを「性急な絶対糺問者」「恐ろしく意識的な生活者」と定義する。さらに、アーサー・シモンズの表現を借用し、ランボーは「實行家▼注7」の精神を持っていたとし、わずか三年の間だけ詩を書き、『地獄の季節』を最後に文学の世界に別れを告げたという生涯を殊更に劇化する。「吾々は彼の絶作「地獄の一季節」の魔力が、この作品の後彼が若し一行でも書く事をしたらこの作は諒解出来ないものとなると云う事實にある事を忘れてはならないのだ。」現在の研究では、『地獄の季節』の後で『イリュミナシオン』が書かれたことが証明されている。従って、小林の説は根底から覆される。しかし、そのことでますます小林の意図が明らかになる。『地獄の季節』を詩の放棄と結びつけることで、ランボーの宿命を実人生のエピソードによって具体的に紹介するのである。

その宿命を「宿命の理論」として展開するためにボードレールが援用され、『悪の華』を『悪の華』たらしめているものが「純粋単一な宿命の主調低音」であるという命題が示される。その説にランボー的な「言葉の錬金術」の論理が加えられることで、小林秀雄の批評原理が示される。この点に関しては後に詳しく見ていくが、宿命との関係でボードレールの名前を小林が出したのは、「創造というものが、常に批評の尖頂に据つてゐる」、つまり、芸術とは霊感や無意識的な創作活動の結果ではなく、一つの原理に基づくということを前提にしているからである。例えば、ボードレールはポーによる詩の原理について、簡潔に次のように記す。「詩というものは、その本質を、彼の原理と全く同じくするものである事を信じてゐた。又、詩はそれ自身の他何物も目的としないといふ事を信じてゐた。▼注8」それと同時に、詩の意識的な構成に力点を置く。「彼（ポー）は何物を置いても、立案の完璧、製作の正確に敏感であつた。要望する目的に到達する爲には不備な機具を分解する様に、文學作品を解体し、作製の瑕疵を細心に指摘する。一度作品の細部、造形的表現、一言にして言へばその様式に及べば、韻律學の瑕疵より、文法の缺陥に至まで、藝術家ならざる作家等に於ては、その絶好の想圖を汚し、その最も高貴な想念を變形して了ふすべての鎔滓塊を漏れなく詮索する。▼注9」そのような観点に立脚して、小林はランボーを、「生活を規定せんとする何者ももたないヴェルレーヌ」の側にではなく、エドガー・ポー的な「詩の原理」を掲げるボードレールの側に置く。

その一方、ランボーとボードレールを対比的に描き出しもする。ボードレールは決して人生を斫斷せず、「一眦をもつて全人生を眺め」、「俺の心よ、出しゃばるな、獣物の蟄を眠っていろ」と心に命じた。それに対して、「獣物の蟄」ほどランボーに了解しがたいことはなかったと、小林は記す。ただし、この部分が明瞭でないと考えたのか、四年後の「序文Ⅰ」の中では、以下の一文を書き加えている。「彼（ボードレール）は、その焮衝を起した空虚《うつろ》な眼の底に、一眦をもつて全人生を眺めるもう一つの静かな眼を失ひはしなかつた。▼注10」この付加によって、「獣物の蟄」が、炎症の後ろに潜む「静かな眼」であることが明らかになる▼注11。ランボーは、静かな眼とは対極に位置する。

このように、ヴェルレーヌやボードレールとの対比を通したランボー像を見てくると、「斫斷」に関する、一見矛盾した二つの記述が理解可能になる。

藝術家にあつて理智が情緒に先行する時、彼は人生を斫斷する。

ランボオの斫断とは彼の発情そのものであった（後略）。

「理智」と「発情」は対立する。しかし、一方でランボーはヴェルレーヌのような感傷を持たず、理論を持って生活を規矩しようとしたが、他方、ボードレールのように「獣物の蟄」を眠ることはなく、彼の目は常に炎症を起こしていた。ランボーのこうした二つの側面を、ヴェルレーヌとボードレールとの対照から浮かび上がらせることで、ランボー的斫断の小林的な理解が示されている。

「人生斫斷家アルチュル・ランボオ」という題名が示すように、小林秀雄はランボーの詩の特色を「斫斷」という言葉で提示する。この概念は、シモンズの次のような一節から、小林が抽出したものかもしれない。「渠が求めるのは常に絶對である。（中略）そこでこの絶對追求者の殘すところはただ破れた混合物なる諸斷片だ、そしてそのおのおのに渠は少しづつの個性を入れた。そしてこれを渠は絶えず劇曲化して、云はば、一小面にまた一小面を乘じて行つた。▼注12」全ては破れ、小さな面に断片化されて、目の前を熾烈な早さで通り過ぎていく。ランボーの詩がそのようなものとして提示されたとき、小林秀雄はそれを「斫斷」という言葉で捉え直したのではないだろうか。

その詩的行為の対象は、ある場合には、「触れるものすべて」あるいは「人生」であったりする▼注13。そして、切り刻まれた断片は、ちょうど大河に押し流されていく破船のように、脈絡無く羅列され、目の前を流れていく。小林がこの動きを最も端的に感知したのは、ランボーの代表的な詩「陶酔の船」からであろう。実際、宿命の理論を提示した後、彼が最初に登場させるのは、「魁麗な夢を満載して解纜する」酩酊船である。そこでは、詩の最初の二連と最後の三連が引用される。その中でも、詩の第一行「われ、非情の河より河を下りしが」によって、船が河を流されていくイメージが喚起され、それが第八行「流れ流れて、思ふまゝ、われは下りき。」でさらに強化される。そして、最後の三連では、「龍骨よ、砕けよ、あゝ、われは海に死なむ。」と、船が砕け断片化する予兆が示される▼注14。

ランボオの詩弦《リール》は、最初から何等感傷の痕を持たない。彼は、野人の恐ろしく劇的な触覺をもつて、觸れるもののすべてを斫斷する事から始めた。それは不幸な事であった。その初期の作る處は、この眩耀する斫斷面の羅列なのである。

初期に書かれた「感覚」Sensation の中ではっきりと感じ取ることの出来るランボーの鋭敏な触覚を強調した上で、小林は、「斫断面の羅列」と記す。これは、彼がランボーから読み取った最も大きなことの一つである。「序文Ｉ」の中からは取り除かれているが、「論文」では、この後すぐに、六つの韻文詩から、数行の断片が引用される。ちなみに、「タルチュフの懲罰」Le châtiment de Tartufe と「音楽堂にて」A la musique は、一九二四年の『作品集』の「補遺」の部分から選ばれ、「座つた奴等」Les Assis「パリにまた人が集まる」Paris se repeuple「やさしい姉妹」Les Sœurs de charité「最初の聖體拝受」Les Premières Communions は「初期詩編」から取られている▼注15。このようにして、小林自身が、ランボーの詩句を断片的に羅列することで、ランボーの行為を反復しているということもできるだろう。

この斫斷から生まれた詩法を、小林は、『地獄の季節』の中心に位置する「錯乱Ⅱ　言葉の錬金術」の中に見い出す。そのことは、冒頭に置かれた「脳漿を斫斷しつゝ、建築した眩暈定著の秘教」という表現からも明らかである。斫斷は眩暈の中で行われる錯乱の行為であり、世界はばらばらに解体され、破壊された断片が前後の脈絡もなく羅列される。ランボーは言う。「俺は沈黙を書き、夜を書き、描き出す術《すべ》もないものも控へたのだ。俺は數々の眩暈を定著した。▼注16」

つまり、これまでの世界は解体され、理智では捉えられず、感覚に直接訴えかける新しい何かが生み出される。小林は、「言葉の錬金術」の中でランボー自身によって喚起される回教寺院や無蓋四輪馬車等に言及しながら、「あらゆるものは彼の願望に従って變形され染色される。あらゆる發見が可能である。あらゆる發想が許された。」とする。ランボーの詩とは、世界を斫斷し、変形した、その欠片であり、しかもその斫斷面は「殆ど無機體の光芒」を帯びている。これこそ、卑金属を黄金に変える言葉の錬金術によって生み出された詩句に他ならない。

このように斫断と錬金術というキーワードでランボーの詩の本質を抉り出しながら、小林は、そこに詩人の生涯の劇を重ね合わせる。ランボーは全てを斫断したとき、その断面を眺め、倦怠を感じる。「吾れひと度汝《なれ》が倦怠に浮かんでは（後略）」。そして詩人は、「季節《とき》が流れる、城砦《おしろ》が見える。」で始まる詩句の中で、「幸福《あれ》が逃げるとなつたらば、／あゝ、臨終《おさらば》の時が来る。」と、死を予感する▼注17。その後、倦怠から死への動きは、「最高の塔の歌」に引き継がれ、「不可思議な美しさをもつて歌われた」この詩の全文▼注18が引用される。小林によれば、「残された道は投身▼注19」のみ。ランボーは最も高い塔から飛び降りる。つまり詩を放棄し、詩人としての臨終を迎える。『地獄の季節』の最後に置かれた「別離」Adieu こそランボーの別れの挨拶であり、それを最後に詩に別れを告げる。小林によれば、それがランボーの「生命の論理」であった。小林秀雄は、このように、ランボー自身が展開した言葉の錬金術という詩法に則りながら、斫断という自分の生み出した概念を使い、ランボーの詩を紹介、解説するとともに、ランボーの生涯をも描き出す。そのことで、詩人の「宿命」を具体的に浮かび上がらせたのである。

黄金の未知なる陰影―ランボーからヴァレリーへ

「人生斫断家アルチュル・ランボオ」の中で、小林秀雄は、「美神」「酒宴」「錯乱」「眩暈」「練金」「虚無」「絶対」「陶酔」「倦怠」「地獄の手帖」等、ランボー自身が『地獄の季節』、とりわけ「錯乱Ⅱ　言葉の錬金術」の中で用いたことばを使い、まず第一に、詩人自身の詩句に最も多くを負って論を進める。確かに、パテルヌ・ペリション、クーロン、ドラヘイと言った批評家達への言及があり[注20]、「実行家」「迅速」「涸渇」「絶対」等という表現は岩野泡鳴訳『表象派の文學運動』の中の「アルチユル　ランボ」の章から借用したものである。さらに、冒頭の「孛星」という言葉はマラルメのランボー論から[注21]、「流鼠の天使」という表現はヴェルレーヌから[注22]、「金属の瀑布」という表現はボードレールのポー論から[注23]来ていると考えられる。しかし、それら全ては補足的な情報にすぎず、論の根幹は、「言葉の錬金術」に基づいている。
　ここで興味深いのは、錬金術の結果得られる黄金に関する記述である。

　あらゆる天才は、恐ろしい柔軟性をもつて、世のあらゆる範型の理智を、情熱を、その生命の理論の中にたたき込む。勿論、彼の練金の坩堝に中世紀の錬金術師の如き詐術はないのだ。彼は正銘の金を得る。然るに、彼は、自身の坩堝から取り出した黄金に、何物か未知の陰影を發見するのである。この陰影こそ彼の宿命の表象なのだ。

ランボーは黄金に潜む「未知の陰影」について語ってはいない。つまり、ここで小林は、ランボーを離れ、自己の文学観を提示しているのである。宿命の理論は、初期の小林の批評活動の中で重要な意味を持つ概念となっていくが、その発端がここにある。

この問題を考えていく上で、引用の直前に、ボードレールに関する記述があり、『悪の華』を不朽ならしめるものが、「純粋単一な宿命の主調低音」であるとされていることに注目しよう。この表現がポール・ヴァレリーに依っていることはこれまでにも指摘されてきた▼注24。

> 然し生命は各々獨特に、何物によつても支持されてゐない自意識の基礎的な永續性を、財寶の如く奥深く所有してゐる。交響樂のうつろひゆくひまに、一つの低く續く音が、どの瞬間にも捕へることは出來ない乍ら、我々の耳に見へつ隠れつ終始存在し續ける如く、純粋自我といふものは、世界に於ける存在の單調なる且獨自なる要素であつて、自己自身によつて或は發見され或は見失はれつゝ、永遠に我々の感官《（ママ）》のうちに住むのである。生存の此の深奥なる音は人が之に耳を藉すや否や、雑多なる生存の複雑なる諸條件の上に支配してゐるのである▼注25。

ヴァレリーの「ノート及雑説」からの引用であるが、あえて河上徹太郎の翻訳を挙げるのには理由がある。この訳文には、「自意識」という言葉が見られるが、フランス語原文では、《une conscience▼注26》（一つの意識）である。河上はこの翻訳をするにあたって、小林秀雄や辰野隆等に相談したという▼注27。従って、河上訳には、小林や辰野達との共同作業的な側面も含まれていたと考えられる。ここで河上（達）は、une conscience を自意識と訳すことで、「意識」という言葉に「自己」という概念を付け加えたことになる▼注28。ヴァレリーの思想が日本に導入された最初期に、このようなずれが生じていたことは、それ以降の自意識という言葉の概念に大きな影響を及ぼしたに違いない。引用の部分では、その後「純粋自我」le moi pur について語られる部分があり、自意識という訳語がより強く印象付けられたはずである。

小林がこの引用から通奏低音の概念を導き出したとすると、もう一つ興味深い点がある。それは、常に響いているけれど、聞こうとすると消え去るというその音の様相が、小林が語るところの美神と対応していることである。一つの永続的な低音を、ヴァレリーは、常にシンフォニーの中に存在しているのだが、しかし、各瞬間では捕らえることができないとしている。小林は、意識のこうした性格を宿命と美神の関係に応用し、次のように記したのではないか。「自躯らの宿命の相貌を確知せんとする時、彼（芸術家あるいは天才）の美神は逃走して了う。」そこにあるけれど、しかし捕らえようとすると逃げ去ってしまうもの、それが美神であり、運命の陰影であり、宿命でもある。

ここでまさに、ランボーからヴァレリーへの移行が起こっていることに注目したい。ランボーは逃走する「美神を捕へて刺違へた」と、小林は言う。そしてすでに見てきたように、ランボーの美学を言葉の錬金術という概念を使って読み解く、つまりランボーは言葉を練金の坩堝に投げ込み、黄金を精製する。ここまでは、ランボー自身の詩法に依っている。しかし、小林は、出来上がった黄金に、未知の陰影という要素を付け加え、それに「宿命の表象」という言葉を重ね合わせる。その瞬間、ヴァレリー的な詩学が、小林の通奏低音の響きと共鳴し始めた。この点に関しては、一九二七（昭和二）年一二月頃に提出されたと思われる小林秀雄の卒業論文「Arthur Rimbaud」の中で▼注29、より明確な形で示されることになる。

あらゆる天才の作品には、何ものによつても支えられぬ一個の意識の根本的永続がひそんでいる。そしてあたかも耳が、交響曲の変遷転調を通じて（絶えずその中にありながら）捉えられることを時々刻々にやめる或る低い連続した音を、繰り返し見出してはまた見失うように、生存の深部にあるこの音符、それに吾々は、さながら宿命の足音を聴くかのように耳を傾けるのだ。宿命とは、大詩人にとって、彼の純粋意識以外のなにものでもない。それ自身によって繰り返し見出されてはまた見失われる、この世界の中にある人間存在そのもの、類例なき単調な構成要素に他ならぬ▼注30。

ここでとりわけ興味深いのは、ヴァレリーの論理に従いながら、ヴァレリーにはない宿命という言葉が、最初は比喩的に―「さながら宿命の足音を聴くかのように」―挿入され、次に、主題として提示されることである。つまり、宿命とは純粋意識であると断言され、通奏低音と結びつけられる。しかも、「論文」では「未知の陰影」とされていたものが、「卒業論文」になると意識の側から取り上げられ、河上ならば「自意識」と訳すであろう「一個の意識」が、その陰影を生み出す原理であると明かされる。ランボーの言葉の錬金術という詩法に則りながら、ヴァレリーの思考を導入し、同時に、宿命という独自な概念を忍び込ませた小林秀雄。これまで見てきた引用を重ねることで、彼の批評の形成過程を明確にたどることができるのである。

さらに興味深いことに、ヴァレリーを取り入れた瞬間から、すでに小林の中で、ヴァレリーとの異化も始まっていた▼[注31]。それが宿命の論理であり、また、すぐ後に続く、無意識に関する記述である。

> 藝術家の脳中に、宿命が侵入するのは、必ず頭蓋骨の背後よりだ。宿命の尖端が生命の理論と交錯するのは、必ず無意識に於てだ。この無意識を唯一の契點として彼は「絶對」に参與するのである。

小林は、聴くという能動的な行為の都度逃れ去る通奏低音を思い描き、宿命と生命が交差する場を「無意識」に置いたのかも知れない。そして、意識が意識自体を意識できないという虚無を、ここでは「絶對▼[注32]」と置き換える。とすれば、いかにもヴァレリー的な思考を小林流に受容したのだと考えられるかもしれない。しかし、ヴァレリーにおいて、意識と無意識は対極に位置し、能動的な構築こそが純粋意識のあり方である。創造を導くのは、意識の統制から逃れたインスピレーションや詩的狂気ではなく、「技術」art である。


逆上するのか?何か文學上の熱にのぼせるのか?そして眩暈を研究するのか?

私は一つの立派な題目のためにのぼせた。然し紙に向つては何とのぼせることのつまらいことか!

大きな渇《かわ》きが閃々たる幻影の中から現はれて來る。それは恰も、ウラニユムの滲みたボヘミヤ硝子の上に見へざる光がさす様に、何だか判らない神秘の物質の上に働く。その渇きは、己が待ち焦れてゐるもの丶上に輝く。それは瓶を照らし、水差の燐光を彩る。しかし乍らその渇きがそんなに心を動かしてゐる所の飲料の正体は、單なる見かけ倒しに過ぎないものだ。單に熱中してゐるだけでは物を書くに適しないということに氣付いてゐたし、今でもさう思つてゐる。熱中と云うことは作者の精神状態じやない。

如何に熱心さの火が強いにせよ、それが有効になり動力になるためには、在る機械によつて藝術がそれを運轉せねばならぬ▼注33。


この引用の最後で河上が「藝術」と訳しているのは、原文では art であり、技術やテクニックのことを指している。そして、この言葉は、プラトンやアリストテレス以来のヨーロッパの芸術観の中では、インスピレーションや詩的狂気、訳文で使われている表現で云えば、「文学上の熱」fièvre littéraire や「眩暈」délire、「熱中」enthousiasme と対立する概念として用いられてきた▼注34。その意味で、ヴァレリーは、ボードレールを経由したポーの「詩の原理」の系譜に連なる。ボードレールも、ポーに関して、「彼は靈感を、手法に、最も嚴正な解析に服從せしめた。▼注35」と記し、さらに、ポーの次のような説を引用している。「私は私の作品の如何なる點でも偶然に委付されなかつたといふ事、又、作全体が、數字問題の直截と嚴正な理論とをもつて一歩一歩終局に向つて進んだといふ事を自慢出來ると信ずる。▼注36」ヴァレリーはこのポーの詩学を踏襲している。

前の引用の中でとりわけ注目したいことは、ボヘミアングラスの目に見えない光である。それは意識的な創造行為によって作り出された構築物ではなく、神秘的なものとみなされる。ヴァレリーにとって、それは単なる「見かけ倒し」spécieux にすぎない。この引用の少し後で言われるように、ヴァレリーは意識以上のものを措定することはない。「私は自意識の外に何物も置かなかつた（中略）。私は、自分が余りよく出てゐない傑作よりも、明瞭に意識された一頁をとるであろう。▼注37」

小林秀雄は、それを理解した上で、あえてヴァレリーから差異化する戦略を採ったのではないだろうか。言葉の錬金術で精製された黄金に「未知の陰影」を付け加えたとき、彼の頭の中に、ボヘミアングラスを輝かせる目に見えない光があったとしても不思議ではない。グラスの光と黄金の陰影という反対のものであるにせよ、精製された黄金やグラスに、それとは別のもの――神秘的な何か――を見分けるという点では、共通している。そして、ヴァレリーが否定するために提示した比喩に則りながら、肯定的な価値を作り出そうとする。その流れの中で、宿命と生命の交錯する場が「無意識」であるとされ、意識を何よりも上に置くヴァレリーとの違いが生み出される。中川久定は、こうした二人の対照について、小林の受動性とヴァレリーの能動性に集約されるという▼注38。ヴァレリーの価値観の頂点は能動性にあり、受動性は底辺に置かれる。他方、小林の場合には、「一つの美的経験が、ある絶対的な新鮮さの感覚をともなって、突然意識のうちにわき起こり、主体はただ受身のまま、この体験の前に立たされ▼注39」る。「論文」の中では、この受動性が「無意識」として語られているのではないか。

ヴァレリーとの差異の中でもう一つ重要な点は、個別性と一般性である▼注40。ヴァレリーは、意識を意識することの不可能性から、純粋意識の普遍性を導き出す。例えば、ダ・ヴィンチに関して。

此の偉大なヴインチの全作業は、専らその偉大なる對象から演繹される。それは恰もそこに特種の個人が關係してゐないかの如く、彼の思想は非常に普遍的で、細密で、秩序立ち且遊離してゐるので、それはも早や一個人の思想に屬すべきものではない。非常に教養の高い人は決して獨創的ではない▼注41。

ここでは、ダ・ヴィンチの思想に、個別性や独創性ではなく、普遍性を見出そうとしていることが明示されている。つまり、ヴァレリーが行っているのは、一人のルネサンスの巨人に関する考察ではなく、意識そのものといえる。別の言い方をすれば、「自意識が感じる所の純粋な一般性、打克ち難き普遍性の前には、凡てのものが譲歩する。▼注42」と言われるように、意識の一般性、普遍性が追求されるのである。

それに対して、小林秀雄は、そのものをそのものたらしめる唯一性の源泉に焦点を絞り、論を展開する。ランボーの詩であれば、それが他の誰でもないランボーという詩人のものであることを示す何かを探し求める。錬金術によって生まれた黄金に映る未知の陰影は、ランボーの詩の独自性を示している。そして、それを、黄金そのものではなく、陰影という言葉で隠喩的に表現しようとしたのだと考えられる。そのことは、「論文」の中で問題になるのが、詩人一般ではなく、ランボーの単独性あるいは唯一性であることからも推定することができる。

ヴァレリー的な純粋意識の探求に則りながら、「ある個人に特有の創造的自我へと変えてしまう▼注43」小林の思考の展開は、小林だけではなく、辰野隆や河上徹太郎等のヴァレリー理解に基づいているのではないだろうか。すでに記したように、河上徹太郎が「レオナルド・ダ・ヴィンチ方法論序説」を翻訳するさい、小林や辰野に相談したことが知られている。そして、その訳文の中で、「意識」la conscience という言葉は「自意識」と訳される。この「自」という一文字の付加が意味しているのは、東大グループがヴァレリーによる意識の考察を、自意識の探求として読み取ったということではないだろうか。「人間の人格は自意識にある。▼注44」という断定的な訳文は、意識の一般性ではなく、個人の単独性の問題につながる。小林が、ボードレールにおける宿命の主調低音を「純粋單一」とし、未知の陰影を「宿命の表象」と記すとき、そこで問題になるのは、一人の詩人をその詩人たらしめる単独な特質である。言い換えれば、錬金術によって作られる黄金は一般性を担っているとしても、一人の天才の黄金にはその天才独自の陰影があり、それが彼の刻印となる。小林秀雄の思考の中で、ヴァレリー的意識が「自意識」として理解されていく過程が、ここに定着されているのである。

別れ

「人生斫斷家アルチュル・ランボオ」に秘められたランボーからヴァレリーへの移行は、小林秀雄を批評家にするための大きな礎石となった。彼は、一九二七（昭和二）年七月に発表された「測鉛」の中で、自意識の問題を創作家から批評家へと移している。

霊感なんといふヘンテコな怪物は世の中に住んでやしない。「唯働け」とロダンは言つた。（中略）彼は恐ろしい自意識を持つて働いたのだ。では自意識とは何だ？　批評精神に他ならぬ。批評を措いて創造といふものはないのである▼注45。

「批評の時代」について語りながら、小林は、ロダンという芸術家の自意識から、批評精神へと論の展開をずらせる。次いで作家の「宿命の主調低音」に話を進め、「批評をするものは批評が君自身の問題となつて來るという事を悟るであらう。▼注46」と言う。さらに「様々なる意匠」では、「人は如何にして批評というものと自意識というものを区別し得よう。」という「測鉛」に書き付けられたのと同様の言葉が反復された後、批評家としての宣言がなされる。

かくして私は、私の解析の眩暈の末、傑作の豊富性の底を流れる、作者の宿命の主調低音をきくのである。この時私の騒然たる夢はやみ、私の心が私の言葉を語り始める、この時私は私の批評の可能を悟るのである▼注47。

批評に関する宣言とも言えるこの言葉は、ランボーからではなく、ヴァレリーを受容することで生み出された。一九二四（大正一三）年にランボーと出会い、一九三〇（昭和五）年に『地獄の季節』の翻訳を出版するまで、小林秀雄は様々な形でランボーの詩と格闘を続けたといってもいいだろう。しかし、卒業論文「Arthur Rimbaud」、「『悪の華』一面▼注48」、「様々なる意匠」等を通して自己の批評を確立する中で、関心の中心はヴァレリーへと移行していく。そして、小林自身、一九三〇年の時点で、ランボーからの滋養を汲み尽くしたことを意識していた。だからこそ、「序文Ⅱ」の最後に、次のように記したのではないか。

> 果てまで来た。私は少しも悲しまぬ。
> あばよ、私は別れる。別れを告げる人は、確かにゐる▼注49。

ここで小林は誰か身近な人間を暗示しているのかもしれない。しかし、同時に、ランボーを思い浮かべていると考えても間違ってはいないだろう。小林的に言えば、ランボーは三年間の詩作の後、芸術に別れを告げた。同じように、小林は「これ以上の事を彼に希▼注50」うことなく、ランボーに別れを告げる▼注51。

若き小林のランボー体験は、このようにして、最初の文学的「事件」として、批評家・小林秀雄の思い出の中に定着されることになる。

注

▼1　『展望』一九四七年三月号、三頁。

▼2　一九三〇年に出版する『地獄の季節』の原書 *Œuvres de Arthur Rimbaud -Vers et proses -*, revue sur les manuscrits originaux et les premières éditions mises en ordre et annotées par Paterne Berrichon. Poèmes retrouvés. Préface de Paul Claudel, Paris, Mercure de France, 1912 は、縦二〇cm、横一四cmほどあり、ポール・クローデル

六七頁。

つの日本語訳ランボーの問題（上）―小林秀雄と中原中也―」『比較文学研究』第三三号、一九七八年六月、注八、れは、凡そ縦一四cm、横八・五cm、総頁数一二四頁の小型本であり、小林の記述に対応する。大久保喬樹「二ルキュール・ド・フランス社から出されたArthur Rimbaud, *Une Saison en enfer* ではないかと推定している。その序文を含めて四〇一頁になる。従って、豆本とはいえない。大久保喬樹は、「豆本」を、一九一四年に同じメー

▼3　大内和子も同様の視点を提示している。「小林秀雄の初期作品とボードレール」『比較文學研究』三七号、一九八〇年五月、二〇頁〜四〇頁。

▼4　『佛蘭西文學研究』第一輯、一九二六年一〇月、一九〇頁〜二〇六頁。「人生斫斷家アルチュル・ランボオ」からの引用は全てこの版による。

▼5　この論考の中では一九二六年の版を「論文」と呼び、一九三〇年の版を「序文Ｉ」と呼ぶことにする。『小林秀雄全作品　一』（新潮社、二〇〇二年一〇月）に収録された「ランボオＩ」の注、「大正一五年（一九二六）一〇月、『佛蘭西文学研究』第一号に発表」という記述は正確ではない。

▼6　その後、小林は、一九二七年七月から一九二八年五月にかけて『文藝春秋』に「アルチユル・ランボオ傳」を無署名で掲載する。この六号記事の連載では、生涯の紹介に徹している。

▼7　アサ・シモンズ、岩野泡鳴訳『表象派の文學運動』新潮社、一九一三年一一月、一〇三頁。

▼8　ボードレール、小林秀雄訳『エドガー・ポー』日向新しき村出版部、一九二七年五月、二八頁。「詩歌は、それ自体の他に、目的はないのである。詩歌は、他に目的を持つ事が出來ない。」同前、八七頁。

▼9　同前、七八頁。

▼10　『地獄の季節』一四頁。

▼11　少し後でも、小林は、ボードレールの「パイプを咬えて断頭台の階を登る」という詩句を引き、もう一つの眼を持つ『悪の華』の詩人の姿を定着させている。

▼12　『表象派の文學運動』一一二頁〜一一三頁。

▼13「彼がその脳漿を斫断しつゝ（後略）」。「触れるものすべてを斫断する。」「彼（ボードレール）は決して人生を斫断しない。」」「僕は、ランボオを人生斫断家と呼ぶ。」

▼14「論文」では、これらの詩句はフランス語のまま引用されている。他方、「序文Ⅰ」では日本語に訳されている。

▼15「パリにまた人が集まる」以外の題名は中原中也訳『ランボオ詩集』（野田書店、一九三七年九月）による。

▼16『地獄の季節』八〇頁。

▼17 引用はすべてフランス語。訳文は『地獄の季節』による。ちなみに、「季節が流れる」からの引用と、それに関連する一節は、「序文Ⅰ」では、「私は、架空のオペラになつた。」（『地獄の季節』一七頁～一八頁）という一行の引用に代えられる。

▼18 引用は「言葉の錬金術」からではなく、初期詩編に「幸福」Bonheurという題名を付されて収録された版によっている。

▼19「論文」では、「役身」となっている。

▼20「序文Ⅰ」（『地獄の季節』八頁）では、ジャン・マリイ・カレの名前も付け加えられる。

▼21 小川亮彦「小林秀雄の卒業論文「Arthur Rimbaud」―「ランボオⅠ」から「ランボオⅡ」への架橋―」『山梨学院大学　一般教育部論集』第一七号、一九九五年、一二四（一二五）頁。

▼22 «ange en exil», Paul Verlaine, *Les poètes maudits*, «Arthur Rimbaud», in *Œuvres en prose complètes*, Gallimard, «Bibliothèque de la Pléiade», 1972, p. 644.

▼23 大内、前掲論文、二八頁。

▼24 清水徹「日本におけるポール・ヴァレリーの受容について―小林秀雄とそのグループを中心として―」『文学』第一巻・第四号、一九九〇年秋、四四頁～六三頁。

▼25 ポオル・ヴアレリイ、河上徹太郎譯「レオナルド・ダ・ヴィンチ方法論序説」『白痴群』第貳號、一九二九年七月一日、五五頁。河上が翻訳したのは、実際には«Note et digression»である。

▼26 Paul Valéry, *Introduction à la méthode de Léonard de Vinci*, Gallimard, « Folio essais », 1957, p. 110.
▼27 清水、前掲論文、注一二、六〇頁～六一頁。
▼28 その他、esprit が理性、idée が理智とされるなど、原語と訳語の間に隔たりがあり、昭和初期のヴァレリー受容を解明する上で重要な問題を含んでいる。
▼29 清水、前掲論文、六二頁。
▼30 この引用は、小林秀雄の卒業論文 Arthur Rimbaud の一節を、清水透が翻訳したものである。清水徹、前掲論文、五〇頁。ちなみに、鹿島茂は、「ドーダ的文學史　四一　小林秀雄的ドーダ」の中で、「小林秀雄のこのフランス語の卒論というのは、いまに至るも発見されていない。」と、誤って記している。『一冊の本』、二〇一一年九月号、二四頁。
▼31 二人の違いについては以下の論考を参照。中川久定「死を引き受けること／死を排除すること―小林秀雄『モオツアルト』とヴァレリー『レオナルド・ダ・ヴィンチの方法への序説』・『注解と余談』をめぐって―」『文学』第五五号、一九八七年一二月、一〇三頁～一一三頁。
▼32 「絶對」という言葉は、『表象派の文學運動』の以下の一節から来ている可能性がある。「渠が求めるのは常に絶對である。絶對、乃ち、この大藝術家がその注意深い智慧を以つて求めるのを放棄したものだ。渠はそれ以下の物を以つて滿足しない。」（一一二頁～一一三頁）
▼33 「レオナルド・ダ・ヴィンチ方法論序説」三四頁。
▼34 インスピレーションを強調する側には、プラトンの『パエドロス』や『イオン』があり、テクニック、詩法の側にはアリストテレスの『詩学』がある。
▼35 『エドガー・ポー』八四頁。
▼36 同前、九一頁。
▼37 「レオナルド・ダ・ヴィンチ方法論序説」三五頁。la conscience が「自意識」、les chefs d'oeuvre […] irréfléchis は「自分が餘りよく出てゐない傑作」とされ、ヴァレリーの思考に「自」の意識が付加されている。

▼38　中川、前掲論文、一〇六頁～一〇八頁。
▼39　同前、一〇三頁。
▼40　同前、一一三頁～一一八頁。
▼41　「レオナルド・ダ・ヴィンチ方法論序説」三九頁。
▼42　同前、四六頁。ここで自意識と訳されているのも、フランス語の原文では la conscience である。
▼43　清水、前掲論文、五一頁。
▼44　「レオナルド・ダ・ヴィンチ方法論序説」五二頁～五三頁。ここでも、「自意識」と訳されている言葉は「意識」la conscience である。
▼45　『大調和』八月号、一九二七年七月、六二頁。
▼46　同前、六三頁。
▼47　小林秀雄「様々なる意匠」『改造』一九二九年九月号、一〇四頁。
▼48　『佛蘭西文學研究』第三輯、一九二七年一一月、一四三頁～一五三頁。清水孝純「小林秀雄のヴァレリー援用──「『悪の華』一面」について──」『小林秀雄とフランス象徴主義』審美社、一九八〇年六月、三〇頁～四六頁参照。
▼49　『地獄の季節』三三頁。
▼50　同前、三二頁。一九三〇年一〇月発行の『ふらんす』に掲載された「アルチュル・ランボオ」の中では、以下のように記している。「私は、もう今では、ランボオに關する如何んな名評を讀んでも少しも心を惹かれません。たゞ退屈するだけであります。勿論、自分が数年以前に書いたランボオ論の如きは、見るも厭です。（中略）今日、私は彼に對して何の意見も放棄したが為です。」（四頁）。
▼51　一九三一年には白水社から『酩酊船』を、一九三三年には江川書房から『アルチュル・ランボオ詩集』（第一巻）を出版した。さらには、一九三四年頃、建設社による『ランボオ全集』の企画があり、韻文詩は中原中也が、散文詩は小林秀雄が、書簡は三好達治が担当することになっており、小林が仕事としてランボーの

翻訳を続けることはあった。しかし、ランボーが「事件」であり続けることはなく、一九三〇年の時点ですでに過去の出来事になっていたといえるだろう。

小林秀雄　ランボー　ヴァレリー——斫断から宿命へ

「間抜ケ野郎ヂェラルド」——ジェラール・ド・ネルヴァルを通して見る中原中也

一九二九（昭和四）年一〇月号の『社会及国家』に、「ヂェラルド・ド・ネルヴァル」と題された、フランスの詩人の簡潔な紹介と四篇の詩の翻訳が掲載される。その詩人は、豆腐売りのラッパの音が聞こえても、それを一幻想としてしか知覚できず、売り子を呼び止めて豆腐を買って食べられないような「間抜ケ野郎」であり、「所詮ヂェラルドは陶酔の一形式として存する。」と結論付けられる▼注1。著者及び翻訳者は中原中也。彼にとって、「夭折した富永」「生と歌」に続く三番目の評論であり、初めて出版するフランス詩の翻訳であった。その後、中也は、一九三一（昭和六）年に「オーレリア」の翻訳を計画し▼注2、一九三三（昭和八）年一二月号の『紀元』に二篇の詩の翻訳を出版するだけで、それほど多くの関心をネルヴァルに示しているようには見えない。しかし、幼い息子文也の文学修行のために、「ヹルレーヌ、ヴルモール、ラフォルグ、ネルヴル、ドゥベル、コルビエール等は、何べんも読むべし▼注3」と記したところをみると、ネルヴァルへの興味が晩年にまで続いていたということがわかる▼注4。

アーサー・シモンズと岩野泡鳴の轍の中で

中也のネルヴァル理解が、岩野泡鳴訳のアーサー・シモンズ『表象派の文學運動』▼注5にほぼ全面的に依存していることはすでによく知られている。確かに、一九二七（昭和二）年四月の読書欄に、「象徴主義の人々　シモンズ」という記述があり▼注6、久保芳之助がサイモンズ原著『文學における象徴派の人々』▼注7として出版した新たな翻訳書を読んだという推測も成り立つ。しかし、同年四月二四日付けの日記には、「ネルバルには姿勢がない。／さなり、ア、サアシモンズその通り。▼注8」という記述があり、「姿勢」という言葉によって、中也が泡鳴訳から想を得ていることが明らかになる。つまり、«But with Gérard there was no pose»▼注9という文を、泡鳴は、「然しジエラルには姿勢がなかつた。」▼注10と訳し、久保は、「併しジエラルドには何等外見に變つた態度がなかつた。」▼注11としているのである。もちろん、大岡昇平が指摘するように、ここでposeという言葉を「姿勢」と訳すのは誤りである▼注12。

この記述の後、中也は、日記に、「で、私はネルバルには宇宙は全部はみえなかつたと思ふのだ。／宇宙がみえたら彼自身の形而上的ポジションも見える。そしたら人は発狂しない。」と続けるが、これもアーサー・シモンズの次の考察を中也なりに咀嚼したものであろう。「ジエラルドネルヴルの發狂は、どんな生理學的な理由がその勃發、静定、並に再發に正しく與へられるにせよ、僕の理解するところでは、本質的に渠の幻想的資質の弱劣によるので、その過剰ではない、渠の想像的エネルギの不充分による、また渠の靈的訓練の缺乏による。渠は無系統の神秘家であった。▼注13」この狂気の説明と、「姿勢がない」という断言とが結びつき、中也のネルヴァル理解を導いたことは否めない。これは、誤訳が一つの解釈を生み出した興味深い一例といえる。

ところで、同じ一九二七年一二月一日―二日には、中也の詩法を知る上で興味深い記述があり、そこにもネルヴァルの名前が見られる。

> Simplicité といふものはその名の通り単純なものだから誰でも扱へるものと思つてゐる。極端な間違ひだ。まだヴエルレーヌしか満足に之を扱つたものはないのだ。英国詩人なんてなんでもない。
>
> 之を扱つた人はあつたが、ネルバルの希望なる、「詩がその紙面から発散する」ことに於て扱い得たのはヴェルレヱヌだけだ。（後略）▼注14

Simplicité（シンプルさ）が詩的な美を生み出すものとして捉えられていることは、中原中也という詩人の詩法を知る上で興味深い。そして、そこから発展して、ネルヴァルの言葉として、「詩がその紙面から発散する」と記すが、実際には、ネルヴァル自身ではなく、シモンズのネルヴァル論に由来している。「ジエラルドネルヴルが世人全體に先んじて豫兆してゐたのは、詩は奇蹟であるべきことで、美の賛美歌でもない、美の説明でもない、美の鏡でもない、が、美その物、色、

郵 便 は が き

料金受取人払郵便

神田支店
承認

3455

差出有効期間
平成 25 年 2 月
6 日まで

101-8791

504

東京都千代田区猿楽町 2-2-3

笠間書院 営業部 行

■ 注 文 書 ■

◎お近くに書店がない場合はこのハガキをご利用下さい。送料 380 円にてお送りいたします。

書名 冊数

書名 冊数

書名 冊数

お名前

ご住所 〒

お電話

読　者　は　が　き

●これからのより良い本作りのためにご感想・ご希望などお聞かせ下さい。
●また小社刊行物の資料請求にお使い下さい。

この本の書名＿＿＿＿＿＿＿＿＿＿＿＿＿＿＿＿＿＿＿＿

……………………………………………………………………

……………………………………………………………………

……………………………………………………………………

……………………………………………………………………

……………………………………………………………………

……………………………………………………………………

……………………………………………………………………

がきのご感想は、お名前をのぞき新聞広告や帯などでご紹介させていただくことがあります。ご了承ください。

本書を何でお知りになりましたか（複数回答可）

店で見て　2. 広告を見て（媒体名　　　　　　　　　　　　）
誌で見て（媒体名　　　　　　　　　　　　）
ンターネットで見て（サイト名　　　　　　　　　　　）
社目録等で見て　6. 知人から聞いて　7. その他（　　　　　　　　　　　）

小社PR誌『リポート笠間』（年1回刊・無料）をお送りしますか

はい　・　いいえ

記にはいとお答えいただいた方のみご記入下さい。

名前

……………………………………………………………………

住所　〒

……………………………………………………………………

電話

供いただいた情報は、個人情報を含まない統計的な資料を作成するためにのみ利用さいただきます。個人情報はその目的以外では利用いたしません。

にほひ、並に形ある想像の花で、それが面紙から再び咲き出すのである。」▼注15 ネルヴァルが予兆したものを実現したのがヴェルレーヌであったとするのは、シモンズによるランボーとヴェルレールの関係と平行関係にあり、驚くにはあたらない。その一方で、simplicitéを詩的な美の本質に置く中也の姿勢は、彼がネルヴァルの詩を翻訳するときの選択の基準の一つとなっている。

一九二七年二月の読書欄には厨川白村の『近代文學十講』が、同年三月の読書欄には小泉八雲の『東西文学評論』が記されており、中也はネルヴァルに関する記述に目を通していたに違いない▼注16。また、小川泰一による「ルネ・ビゼエの『ネルヴァル傳』」という書評も一九二九年六月に公表されており▼注17、シモンズ以外の情報を得ることもできたはずである。しかし、「ヂェラルド・ド・ネルヴァル」の中で、中也はシモンズの記述のみに依拠し、ネルヴァルの生涯を紹介している。それは、ネルヴァルが「シルヴィ」の中で定着した幼年時代の思い出の一コマを中心にしたものであり、シモンズの泡鳴訳では次のように記されている部分。「渠は早熟の學生であつて、十八歳の頃六冊の小詩集を出版してゐた。或休日のことであつたが、渠は初めて而も最後に渠がアドリインと呼ぶ若い娘を見、それをいろんな名にして一生の終りまで愛した。▼注18」　この記述に基づき、中也は以下のように記す。「當時十八才のヂェラルド・ド・ネルヴァル―後世狂詩人として知られた男と―アドリンは圖らずも一緒に踊ることとなつた。(中略)其後彼は他の女を愛したが、それはかのアドリンの化身としてであつた。」実は、「シルヴィ」のどこにも一八歳という年齢は見られず、二人が踊りを踊ったのももっと小さな頃の思い出である。こうした誤った記述が共通するということは、この部分全てがシモンズに由来することの証である。

また、翻訳に関しても、一つの訳語から、中也が泡鳴の轍の中にいることを確認することができる。中也は、「アルテミス」を訳出しているが、かなりの部分で泡鳴訳に従っている。それを端的に示す例が、第二・四行詩の第三行に見られる。

C'est la mort – ou la morte… Ô délice ! ô tourment !
(死だ――または死人だ・・・ああ、喜楽!　ああ、苦痛!)泡鳴訳▼注19

それぞ死よ――はたは死人よ・・・・・・やさしくるほし!　中也訳

もちろん、ここで、「ああ、喜楽!　ああ、苦痛!」という直訳調から、「やさしくるほし!」へと変更しているところなどは、中也の詩の持つ simplicité と音楽性の表出といえ、泡鳴の轍から外に出ているといえる。しかし、死んだ女性を意味する la morte を単に死人としているのは、泡鳴訳を踏襲したため、訳語の選択を誤ったと考えてもいいだろう。というのも、「アルテミス」は、フランス語の男性名詞と女性名詞の違いを最大限に活用しており、死を意味するla mort の後にla morte（死女）を置くことで、死んだのが女性であることを強く意識させる言葉が選択されているからである。従って、死人という訳語の選択からは、中也が泡鳴訳の強い影響を付けていること、そして、彼のフランス語の力が泡鳴の訳の不十分さを理解するところまで達していないことを示しているといってもいいだろう。

中也がネルヴァルを「間抜ヶ野郎」と呼ぶ論拠に関しては、シモンズというよりも、岩野泡鳴の影響だといえる。豆腐売りのラッパが聞こえたとき、それを呼びとめるという実際の行動を取れば、豆腐を食べることができる。しかし、と中也は論じる。

然し若し豆腐賣りのラツパは斯々の時刻に斯々の音色を以て鳴り亙ると知つてゐたにしてからが、それが鳴り出した時假りに或る郷愁の裡にゐて、それが聞こゑることがその郷愁の空を彩る一幻想としてしか知覺されない状態に人が常住あるとしたら、「間抜ヶ野郎、また今晩も豆腐が食へやしねえぢやねえか」といふことになる他はない。

ここで言われている間抜ヶ野郎とは、現実にラッパの音が聞こえても、それを思い出の中の音であるかのごとくみなし、現実の世界に働きかけることができない人間ということになる。

ネルヴァルの詩に関して言えば、個々の音があまりに強烈であるために、「豆腐賣りのラッパに酔ふとしてまことに随一だが」、思い出の中に閉じこもり、その音が外の世界の観念と結合しない。中也は、同時期に書かれたと推定される河上徹太郎宛の手紙の中で、「ネルヴルの場合では「回想の時間」を持ち過ぎる、即ち精神訓練の不足である▼注20」と記している。

　このような、ネルヴァルにおける現実感覚の不足という上述の指摘は、岩野泡鳴の象徴派批判と対応している。『表象派の文學運動』の冒頭に掲げられた「訳者の序」において、泡鳴は、表象に関して、次のように定義する。「すべて言葉の意味が言葉の表面だけの意味に終つてゐない。さうかと云つて、その暗示するところは言外にかけ離れた理想や概念でもない。言葉に即《そく》しないで而も言葉を離れない内容をいのちとしてゐる。」しかし、彼の目から見て、フランスの表象派は、「空想的な音樂や理想の宗教に去勢▼注21」されてしまったという。つまり、「音樂は實質を離れた空想しか攫めない▼注22」という説明によって明確になるように、表象が実質から離れ、空想だけが切り離されたというのが、泡鳴流の象徴派批判である。そして、彼は、実質と空想を一体化させることを主張し、次のように述べる。「その一生命なる生《せい》の幻影、乃ち、寧ろ生その物の肉霊合致相《がふちそう》といつた方がいゝ物を、もツと確實に發想實現出来るとして、僕の刹那主義から來たる自然主義的表象詩を主張し、僕はこれを應用して人生観的發想を行ひ、小説の方《はう》に出て行《い》つた。▼注23」ここで、泡鳴は実質と空想の合一化を説き、中也が先に提出した豆腐売りの例で云えば、ラッパの音が聞こえたら、売り子を呼び止める実践が同時相即的であることを主張している。

同じことを中也は、一九三〇（昭和五）年四月発行の「白痴群」第六号に掲載された「詩に関する話」の中で、「惟ふに、物と心とは同時に在る。」▼注24と簡潔に言い表している。そして、この二つの関係性こそが、芸術の中心的な課題であると見なす。

要するに芸術とは、自然と人情とを、対抗的にではなく、魂の裡《うち》に感じ、対抗的にではなく感じられることは感興或ひは、感謝となるもので、而してそれが旺盛なれば遂に表現を作《な》すという順序のものである▼注25。

ここで中也は、自然と人情という言葉を用いている。それを別の言葉で言えば、物と心であり、泡鳴的には、肉と霊ということになる。中也のこの議論が泡鳴に基づいていることは、「詩に関する話」の中で、あえて名前を挙げ、岩野泡鳴の「刹那主義」を批判していることからも推測される。中也から見ると、泡鳴の刹那主義は個人の精神の中に止まり、「生活といふ対人圏に流用されるすべてのもの」への影響を考えなかった。そのために、「悲劇、即ち生死合一境―言換えれば慈愛の境地を見ることがなかつた▼注26」ということになる。つまり、確かに泡鳴も利那主義あるいは自然主義的表象という言葉で二つの側面の結合を説くが、心から現実に働きかける動き―感興、感謝、慈愛―への視点が欠けているというのが、中也の主張である。

この関係について、中也は吸気と呼気という二つの関係性を導入し、芸術創造についての考察を行っている。瞑想は吸気により、分析は呼気による。そして、呼気的な気分の分析が強く行われ、その分析過程の記録欲ばかりが大きくなる。その結果、吸気的な瞑想や思想、つまり生から遠ざかり、「やがて事物から自己を隔離」するようになり、「理論と事実とが余りに対立して、人格の分裂」に至るという。中也はその記録欲を「回想の時間」と名付け、それがヴァニテ（虚栄）によるとした上で、ネルヴァル、ボードレール、ランボーを次のように断罪する。

ネルヴァルの発狂、二重意識の相剋による錯乱は蓋し、彼が彼の分析方面に執し過ぎたことが原因ではある。

又、「人生の躁宴に於ける不安の客」と言はれたボードレールの不安は、私には結局抽象慾の過剰が原因をなしてゐると思はれる。彼がダンディスムといふも、必竟その抽象慾の一形体ではないか？

ラムボオに就いても同様なことが云へる。彼は自己の感覚の断面々々に執しすぎて、畢《つい》にその断面々々が一人格中に包摂される底《てい》の実質を失つたのである。

蓋し、すべて分析過程の保留を願つたり、抽象慾過剰だつたり、感覚的断面に執着したりすることは、実行家的精神であつて芸術家精神ではない▼注27。

こうした芸術論は、一見すると中也の哲学的な思考から生まれてきたかのようであるが、実は彼の生そのものから発する吸気の表現に他ならない。そして、この時期にネルヴァルに関する言及がしばしば見られるのは、それが中也の生、あるいは彼が狂気と呼ぶものと関係しているからであろう。ここで言及された三人の詩人に対する評価は、ほぼそのままの形で、河上徹太郎宛の手紙にも見られるが▼注28、手紙には、そうした評価に先立って、「河上君、僕はもう再び狂ふといふこともありますまい。」という記述が見られる。つまり、ここで問題にしていることは、詩作と狂気の密接なかかわりであり、その本質を中也は心と外界との働きかけ合いに置いているのである。そこで、彼はネルヴァルの狂気について、次のように記す。

狂人といふものは恐らく諸君のやうに結構な適従性を持つて生れなかつたのだ。時代とか社会とか謂はれる随分偶然的な機構は、諸君のやうな結構な適従性を持つてゐるのであつてみればなんらの怪々たるものでもないが、それのない人にとつては、時々刻々の妖怪と見えるかも知れない▼注29。

ネルヴァルは「回想の時間」の中に閉じこもり、現実に適応できなかった。中也のこの一節は平凡な理屈であるように見える。しかし、泡鳴への批判を重ね合わせてみると、より中也的な視点に基づいていることがわかってくる。つまり、ネルヴァルの狂気は、心から現実に働きかける動き、つまり、感興、感謝、慈愛が欠けていたためということになる▼注30。

そして、河上に、「僕はもう再び狂うといふこともありますまい。」と書くとき、フランスの三人の詩人や岩野泡鳴とは異なり、中也自身は慈愛を取り戻したという自覚に立っていることになる▼注31。詩人や詩に関する批評は、呼気による分析であるように見えながら、実は、中也の吸気の発現に他ならないのである。

翻訳の滋養

中原中也はネルヴァルの五篇の詩を訳出している。「ヂェラルド・ド・ネルヴァル」では、「アルテミス」「レ・シダリーズ」「セレナード」「黒点」が、一九三三(昭和八)年一二月に発行された『紀元』には「ネルバァル詩二編」として、既に発表された「黒点」が再度取り上げられるとともに、「デルフィカ」が掲載された。これらの詩の選択からも、中也的な視点を読み取ることができる。

ネルヴァルの代表的な詩編は「レ・シメール」Les Chimères の総題の下に集められたソネットであり、アーサー・シモンズも、「アルテミス」と「Vers dorés(金色詩)」の全文を引用している。とりわけ、後者については、「佛蘭西語に於て初めて、言葉が召喚の成分として使用せられ、それ身づからが單に色や音響でなく、表象だ。ここに言葉があつて、その音節實際の暗示性を以つて一つの空氣を創造する▼注32」と、最高の賛辞をおくっている。これはまさにシモンズや彼を通して岩野泡鳴が主張する象徴派の代表作ともいえる。また、日本においても、この詩の一句、「おそろしや、盲目の壁の中から汝を窺う一目！」が、富永太郎に及ぼした影響は広く知られている▼注33。しかし、中也はこの詩を採らず、「アルテミス」を選択する。この詩に関しても、シモンズの評価は高い。「その中に見えるのはマラルメの法式ばかりではなく、ヹルレンの最も親しい流儀が多い。最初の四行にその流暢な音律、その繰り返しと反響、その微妙な云抜けがあるのは、ヹルレンに書かせても書いただらう。跡の方になつて音律の正確と寶玉の意味ある用語とは、マラルメがその最巧妙に達した時のやうである。▼注34」

この二つの詩から中也が一方を選択した理由を、形式と内容の両面から探ってみよう。

一三番目が甦る・・・・・・するとまたそれが一番だ、
してそれは何時も唯一つ、又は唯一の機會だ。
されば汝は！　太初の女王か終末の女王？
王か？　汝唯一人のそれとも最後の、情人か？・・・・・・

シモンズの言う「流暢な音律、その繰り返しと反響」は、この中也の訳詞からも十分に感じることができる。泡鳴の硬質で即物的な訳と比べると▼注35、中也訳に流れる歌心を聞き取るのは容易である。ところで、中也は、一九二七年一月の日記の中で、「歌ふこと、歌ふことしかありはしないのだ。▼注36」と記している。そして、一九三四年には「詩とその伝統」の中で、そのようなリズムや歌心を俳句や短歌と異なる詩の特質として明記する。「詩とは、何等かの形式のリズムによる、詩心（或ひは歌心と云つてもよい）の容器である。（中略）繰返し、あの折句だの畳句だのと呼ばれるものの容れられる余地が、殆んど質的と云つても好い程に詩の方には存してゐる。繰返し、旋回、謂はば回帰的傾向を、詩はもともと大いに要求してゐる。▼注37」このように、彼の詩論の核心には歌心があり、それがネルヴァルの詩を選択する際の基準であったことを確認することができる▼注38。

同様のことは、やはりシメール詩編に属する「デルフィカ」の選択についても当てはまる。このソネットは、元来ゲーテの「ミニョンの唄」を内包し、原型的な歌の回帰を歌うところから始まる▼注39。

知るや君、『ダフネ』、かの古き物語、
楓のもと、あるは白き月桂樹《ローレル》が下《もと》、
橄欖樹はた桃金嬢、風そよぐ柳のもとに、
かの愛の唄・・・・・・代々にかはらじ

残念ながら、中也訳では、愛の唄が「再び始まる」recommencerという動詞に「かはらじ」という訳語が使われているため、この詩の持つ「回帰」のイメージが希薄になってしまっている。しかし、古き物語と訳された古いロマンスcette ancienne romanceや愛の唄cette chanson d'amourが、中也の歌心を「デルフィカ」の選択に向かわせたと考えられる。

さらに、その歌心・詩心は、より明確に、より容易に音楽性を感じ取ることができる小オードodeletteという詩型へと中也を導く。実際、彼が翻訳した三つの短詩は、カルマン・レヴィ版の『ネルヴァル全詩集』▼注40の中でも、「リズミカルで叙情的な小オード」という見出しを付けられた詩篇の中に置かれている。ネルヴァルの小オードは、神秘性と難解さで知られるシメール詩篇とは反対に、簡潔で軽やかさにあふれ、フランス語の能力がそれほど高くない段階でもわかりやすいと感じられる。小林秀雄や中原中也からフランス語を習い始めた大岡昇平も、一九二九年には三つの小オードを成城高校の文芸誌に訳出している。また、その一年前、一九二八年に西条八十が訳出した「雲の幻想」もやはりネルヴァルの代表的な小オードだった▼注41。

ただし、中也の訳に誤りが含まれていないわけではない。例えば、初歩的なミスとして、フランス語の動詞の活用の細部にまで注意を払わなかったため構文を読み誤った例が、「セレナード」には見られる。

Dors, pauvre enfant malade,
Qui rêves sénénade…

―お眠り、ねえおまへ病気ですよ、
誰がセレナードを・・・・・

この詩句の rêves というのは、おまえという話し相手に関係する活用形であり▼注42、qui は誰という疑問詞ではなく、母が呼びかけている子ども enfant にかかる関係代名詞である。従って、この詩句の意味は、おまえはセレナードを夢見ている、あるいはセレナードが聞こえる夢を見ている、ということになる。

二度訳出される「黒点」では、さらに重大な誤認が見られる。この小オードは、一度太陽を見た者は目に黒い刻印を押されたように、何を見ても黒点がついて回り、鷲だけが太陽を見てもそうした罰を受けないという内容を持っている。しかし、中也は最後の一節を次のように訳す。

どうしたこつた、何時も何時も！　私と幸福との間に
一羽の鷲が―不幸なこつた不幸な！―

性懲りもなく太陽と栄光とを視守つてゐる。

ここでの中也の誤訳の原因は、構文上の問題、そして、中也が参照した版の句読点の欠如によると思われる。

Je la vois se poser aussi, la tache noire !

Quoi, toujours ! Entre moi sans cesse et le bonheur
Oh ! c'est que l'aigle seul – malheur à nous ! malheur ! –
Contemple impunément le Soleil et la Gloire.▼注43

Quoi で始まる句は、その前の La tache noire と構文上は切り離されているが、意味の上ではそれを受け、自分と幸福の間には、いつでも黒い染み（中也訳では黒い汚点）があるという意味であり、Oh で始まる次の行の句とはつながっていない。ただし、これを中也の語学力のせいばかりに帰することは、少し彼が可哀相である。というのも、一行目の le bonheur（幸福）の後ろに本当はエクスクラメーションマークが入らないといけないのに、中也が参照したレヴィ版には、ピリオッドさえなく、あたかも、次の句とつながっているようになっているからである。そのために、中也は、私と幸福との間に、黒い染みがあるのではなく、鷲がいるかのような訳を拵えてしまった。また、seulという語が英語のonlyにあたるためか、その前の定冠詞l'を無視して、「一羽の鷲」と理解し、ますます誤った訳文になってしまっている。ちなみに、最後の二行は、鷲だけが、—私たちにとっては不幸なことであるけれど—太陽と栄光を凝視しても罰を受けない、くらいの意味である▼注44。

このような誤訳から、中也のネルヴァル詩の理解に疑問符を付けることも可能である。しかし、それ以上に、中也のネルヴァル詩の選択からは、フランスの「狂詩人」の歌心を感知し、さらには、その世界観、宇宙観を読み取ったことを理解することができる。シモンズが「音律の正確と宝玉の意味ある用語」という「アルテミス」の最後の三行詩からは、この世と天上との相剋という二元的世界観が浮かび上がってくる。

白薔薇よ、落ちよ！　汝わが神々を瀆す。
落ちよ、白き靈體、燃ゆる汝《な》が空より落ちよ、
—　地極の聖女はわが目にはいと聖なれば！

この詩句で歌われる世界には、一方には天上があり、他方には、そこから落ちる先の世界、つまり地上がある。また、深淵の聖女La sainte de l'abîmeという撞着語法的表現が用いられ、

その存在が天上の白いバラよりも神聖であると言うことで▼注45、聖性の問い直しが行われる。大きな意味での宗教性に基づくこうした天上への恐れと希求もまた、中也的な吸気と対応していると考えていいだろう。

そのことをはっきりと示すのは、中也と共同でネルヴァルの詩を訳していたと考えられる大岡昇平との対比である。大岡が一九二九年二月に高校の文芸部誌掲載のために選んだのは、「リュクサンブールの小径」「森の中にて」「従姉妹」だった▼注46。これらはどれも、日常生活の一コマを素早くスケッチしたような、新鮮で生き生きとしたタッチの小オードである。そして、この軽快な詩型には、こうした内容がふさわしいとされている。それに対して、中也が選んだ「レ・シダリーズ」や「セレナード」は、小オードでありながら、ドイツロマン派風の死のイメージが中心に据えられ、歌の内容としては重々しいものになっている。

われらが戀の女たちは何處に行つたか?
彼女たちは墓場だ!
(中略)
真白の花嫁!
おお花の處女《をとめ》!

悲しみが萎ませた
よるべなき女よ！

永遠は
汝《な》が眼の裡に微笑むでゐた・・・・・・
此の世を去つた炬火、
空にて再びともれよ！

この「レ・シダリーズ」は、『表象派の文學運動』の「解題と註」の中で、「抒情詩『シダリズ』（Les Cydalises）」と紹介されており、そこで読者達の眼を引いたかもしれない▼注47。しかし、中也が次に「セレナード」を配置していることで、彼の注意が、天上と地上をつなぐものとして女性の死のイメージを捉えているということがわかってくる。「セレナード」は、母と娘の会話体で歌われる。

—ねえ！　なんてやさしい歌が私を呼覺ますのでせう？
—おまへの床の傍に私《わたし》はついてゐますよ、・・・・・・
娘や！　何にも聞こゑはしませんよ、・・・・・・

お休み、それあおまへの妄想ですよ！
―私は外に聞こゑます、おつ母さん、
空の合唱隊が！・・・・・・

―おまへまた熱が出ますよ。
―その歌が窓から
近づいて来るやうなんです。
―お眠り、ねえおまへ病気ですよ、
誰がセレナードを・・・・
男の方々はみんな寝ちまひました！

―男の人たち！　それがなんだと仰るのです？
雲があたしを連れてくのです・・・・・・
さよなら地球よ、さやうなら！
お母さん、その不思議な音
その天使の音楽が
それがあたしを神様の方へ呼んでゐます！

「間抜ヶ野郎ヂェラルド」―ジェラール・ド・ネルヴァルを通して見る中原中也

ネルヴァルが参照したカルマン・レヴィ版には、この詩がドイツの詩人ウーラントの詩を原型としていると記されている。実際、有名なゲーテの「魔王」やビュルガーの「レノール」を思わせ、死からの抗いがたい誘惑がテーマとなっている▼注48。そして、中也は、«Adieu le monde»を「さよなら地球よ」とし、他方に「天使の音楽」を響かせることで、宇宙論的な次元を感じさせることに成功している。

こうしたネルヴァルの小オードの訳者であれば、自作の詩の中に、「亡き乙女達」(「冬の雨の夜」)や「神もなくしるべもなくて／窓近く婦の逝きぬ」(「臨終」)、あるいは、「下界は秋の夜といふに／上天界のにぎはしさ」(「秋の夜空」)等という表現を用いたとしても不思議ではない。弟の死や息子の死という現実の事件を経ずしても、読書体験が事件となりうる▼注49。それが文学の力であり、中也もネルヴァルの詩を翻訳する、つまり自分のことばに変換するという作業を通して▼注50、歌、死、宇宙性等といった滋養を吸収した。そして、それらが、元来彼自身の中に存在した同様の要素の成長を助け、彼自身の詩作をより豊かにしたといえるだろう。

アーサー・シモンズや岩野泡鳴に導かれてネルヴァルを概念的に理解する限り、中也にはネルヴァルは「回想の時間」に浸る「間抜ヶ野郎」にすぎない。しかし、翻訳者として詩句に向かうとき、その「間抜ヶ野郎」の詩句から、決して等閑にできない滋養を得ていたのではないか。中也の翻訳は、日本におけるネルヴァル受容史の中で大きな役割を果たすことはなかった。しかし、中也の詩作においては、それ以上の意味を持っていたと考えられる。

注

▼1　翻訳詩の引用は初出誌からとし、それ以外の引用は、『新編中原中也全集　第四巻／評論・小説　本論篇』（角川書店、二〇〇三年）に依る。以下、『新編中原中也全集』（二〇〇〇年六月〜二〇〇四年一一月）については『新編全集』と記し、その後ろに巻数を記す。

▼2　『新編全集』第三巻、四六一頁〜四六三頁。

▼3　一九三六年七月二四日。『新編全集』第五巻、二一三頁。

▼4　日本におけるネルヴァルの受容史に関しては以下の研究を参照。井村実名子「ネルヴァルはどのように紹介されてきたか（一）―一九三〇年までの書誌的考察―」『東京女子大学比較文化研究所紀要』第三六号、一九七五年一月、七九〜九五頁、及び「ネルヴァルはどのように紹介されてきたか（二）―最近半世紀の書誌的考察―」『東京女子大学比較文化研究所紀要』第三八号、一九七七年一月、四九頁〜八七頁。

▼5　大岡昇平によれば、一九一三年に初版が出たときにはそれほど反響を呼ばず、一九二〇年に再版されたとき小林秀雄や富永太郎の注意を引いたという。大岡昇平『富永太郎―書簡を通して見た生涯と作品』中央公論社、一九七四年九月、二一三頁。

▼6　『新編全集』第五巻、四一頁。

▼7　文献書院、一九二五年五月発行。

▼8　『新編全集』第五巻、三九頁〜四〇頁。

▼9　Arthur Simons, *The symbolist movement in Literature*, revised and enlarged edition, New York, E. P. Dutton &

Company, 1919, p. 71.

▼10 アサ・シモンズ、岩野泡鳴訳『表象派の文學運動』新潮社、一九三九年一二月、二七頁。

▼11 久保、前掲書、一三頁。

▼12 『大岡昇平全集』第一八巻、筑摩書房、一九九五年一月、四二五頁。

▼13 『表象派の文學運動』、四四〜四五頁。

▼14 『新編全集』第五巻、一〇三頁。

▼15 『表象派の文學運動』、五八〜五九頁。

▼16 厨川白村は、『近代文學十講』（大日本図書、一九一二年三月、四七四頁〜四七五頁）の中で、ネルヴァルを神秘家と定義した。他方、小泉八雲は、『東西文學評論』（十一谷義三郎、三宅幾三郎訳聚芳閣、大正十五年五月、三九頁〜五〇頁）において、「狂へる浪漫主義者」という章題を付し、ネルヴァルの紹介を行った。

▼17 『佛蘭西文學研究』第六輯、一九二九年六月、二〇二頁〜二〇九頁。

▼18 『表象派の文學運動』、二五頁。« He was a precocious schoolboy, and by the age of eighteen had published six little collections of verses. It was during one of his holidays that he saw, for the first and last time, the young girl whom he calls Adrienne, and whom, under many names, he loved to the end of his life. »,（同前、七〇頁）

▼19 同前、四一頁。

▼20 『新編全集』第五巻、三七四頁〜三七五頁。

▼21 『表象派の文學運動』、六〜七頁。

▼22 同前、一三頁。中也も、一九二八年一月と推定される河上徹太郎宛の書簡の中で、以下のように記している。「マラルメの苦しみは、物象が心象と離れてゐたためであつた。言換れば夢と現実との間に跨つてゐたからであつた。彼は歌を歌はうとして自然を解剖した。自然を解剖しようとして人生学的意味の世界に心誘かれるのだつた。」『新編全集』第五巻、三六六頁。

▼23 同前、七頁。

▼24 『新編全集』第四巻、二八頁。
▼25 同前、二三頁。
▼26 同前、二八頁。
▼27 同前、二七頁。ランボーや実行家精神への批判的言及は、奈良に籠もり、「白痴群」に参加していない小林秀雄に向けられているのではないか。小林にとってランボーは、斫斷の詩人であり、また、芸術家の魂ではなく、実行家の精神を持つと規定される。『佛蘭西文學研究』第一輯(一九二六年一〇月)所収「人生斫斷家アルチュール・ランボオ」、一九三頁。
▼28 「僕は、ラムボオの涸渇は遮断に執し過ぎたことを具《つぶ》さに見たし、ボオドレエルの場合では抽象欲過剰であることを見たし、ネルヴルの場合では「回想の時間」を持ち過ぎる、即ち精神訓練の不足であることを見たのだから。」『新編全集』、第五巻、三七四頁~三七五頁。
▼29 『新編全集』第四巻、一六頁~一七頁。
▼30 中也の「ヂェラルド・ド・ネルヴァル」が出版される一ヶ月前、小林秀雄の「様々な意匠」が『改造』(一九二九年九月号)に掲載された。その中で小林はネルヴァルの「オーレリア」から「この世のものであらうがなからうが私が斯くも明瞭に見た處を、私は疑う事は出来ぬ」(一〇三頁)という文を引用し、それこそが「写実主義」の裸形であると述べている。中也の「間抜ヶ野郎ジェラルド」説は、こうした小林のネルヴァル理解に対する反論とも読むことができる。それに対して、小林は、同じ年の一一月に『思想』に掲載される「志賀直哉」で、「ジェラル・ド・ネルヴァルが、その恐ろしく鋭敏な神経の上に、「夢と生」なる燦然たる神経的架空の世界を築き得た所以は、彼が又恐ろしく神速に観念的な頭を持つてゐたが爲である。彼の遊離した神経は、利用すべき觀念の無限な諸映像に不足を感じなかつた。」(六七頁)と反駁する。二人のこうした間接的なやり取りが、中也に「オーレリア」の翻訳を促すきっかけになったとも考えられる。中也と小林秀雄の関係については、『現代詩手帖』二〇〇七年四月号所収、中村稔「中原中也と小林秀雄」参照。
▼31 『白痴群』の第三号(一九二九年四月)及び第四号(一九二九年一一月)には、小林(長谷川)泰子

の詩が掲載されている。これは中也の導きによるものであろう。また、一九二九年五月には彼女と共に京都に旅行等している。こうした私生活上の出来事が、中也の思想や詩作に影響を及ぼしたとしても不思議ではない。

▼32　『表象派の文學運動』、五五頁。
▼33　『富永太郎詩集』（思潮社、一九七五年七月）所収、大岡昇平「研究　富永太郎」一〇三頁。
▼34　『表象派の文學運動』、五八頁。
▼35　「一三番目がよみ返る……で、また、第一番である。／そして、常に一つで、—　或は一の刹那だ。／蓋し汝は女王であるか、汝！　第一番か、最後か？　／　王であるか、汝、唯一の又は最後の愛人？.」『表象派の文學運動』、四〇頁。
▼36　『新編全集』第五巻、一〇頁。
▼37　『新編全集』第四巻、四五頁〜四六頁。
▼38　中也自身の詩作、とりわけ『山羊の歌』における歌の意義については、佐々木幹郎『中原中也』（ちくま学芸文庫、一九九四年一一月）参照。
▼39　「デルフィカ」に関しては、拙論 « DELFICA, un oracle du panthéisme moderne », *Revue de littérature comparée*, 2009/4, p.389-403. 参照。
▼40　Gérard de Nerval, *Poésies complètes*, Calmann Lévy, 1877.「ノート翻訳詩」にある「デルフィカ」に付された二五一頁という数字がレヴィ版と対応していることから、中也がこの版を用いたことが確認される。『新編全集』第三巻「解題篇」、二五八頁。
▼41　『新編全集』第三巻「月報」所収、入沢康夫「三人目の翻訳者—ネルヴァル受容史における中原中也の位置」参照。
▼42　« rêve » と最後に « s » がなければ、三人称単数の活用になる。その場合、« Qui » は誰という疑問代名詞と考えられ、この詩句は、中也が訳しているように、「誰が夢見ているのか」という意味になる。

▼43 同前、二二七頁。

▼44 佐々木幹郎は、この詩が中也の「曇天」の原型ではないかと推測している。『中原中也研究 第七巻』（二〇〇二年八月発行）所収「シンポジウム 中原中也とランボー、ヴェルレーヌ」、八六頁。

▼45 泡鳴の訳では、「奈落の聖女はわが目よりは聖だ。」なっており、比較の対象が、聖女とわが目になってしまっている。この部分、中也訳では「わが目には」と訂正されている。

▼46 『大岡昇平全集』第一巻、筑摩書房、一九九六年二月、五頁〜六頁。

▼47 『表象派の文學運動』、二八四〜二八八頁。

▼48 「セレナード」及び「黒点」とドイツ文学との関係については、拙論 « La recherche d'une nouvelle écriture poétique chez Gérard de Nerval– Sur les deux odelettes germaniques : « La Malade » et « Le Soleil et la Gloire » », *Revue de littérature comparée*, 4/2010, pp. 505-514. 参照。

▼49 大岡昇平は、中也の後期作品の特色として「生からの離脱」を挙げることが多いが、観念としてであれば、一九二七年の日記にすでに現れていると記している。『中原中也』講談社学芸文庫、一九八九年二月、二三二頁。

▼50 大岡昇平の小オード訳と中也のそれを比べれば、訳文が詩のことばとして成立しているかどうかは、一目瞭然である。

ネルヴァルのマントに誘われて——石川淳「山櫻」における風狂の詩情

石川淳の初期作品を見渡すとき、「わたし」と名指される人物は多くの場合、書くことを生業にしている。「佳人」では冒頭から作家の姿が描き出され、「貧窮問答」と「葦手」ではそれぞれヴィリエ・ド・リラダンの「非情物語」とラ・ロシュフコーの「マキシム」の翻訳を手がける。「普賢」ではクリスチーヌ・ド・ピザンの伝記作家。それに対して、「山櫻」の「わたし」は絵描きである。この設定は、「山櫻」の世界像が視覚中心に構成されていることを暗黙の内に指し示しているのではないか。「わたし」はかつて山桜の下の京子を写真機で写し撮ったことがあり、また何度も彼女をスケッチしようと試みる。その上で、二つの顔の対照によって映像に対する意識が研ぎ澄まされる。一方には、どのようにしても描き出せない京子の顔の不在。他方には、「わたし」の顔そのものである善太郎の顔の出現。顔を巡るこの対比が、見ることや見える像に対する意識をいやがうえにも高めることになる。

目の前に見える存在が実在なのか幻影なのか。どこからが現実でどこからが幻なのか。その境界が朦朧とした作品▼注1の導き手として石川淳の選び取った先導者がジェラール・ド・ネルヴァルだった。実際、「山櫻」の冒頭でネルヴァルの名前が四度も繰り返され、彼のマントのゆらめきに導かれるようにして夢うつつの空間が現生する。そして、その不思議な世界は、「わたし」が京子の死を突然思い出すことで終止符を打たれる。この最後の意匠もネルヴァルに由来しているとすれば、「山櫻」におけるネルヴァルの導きがいかに太い糸によっているのか理解できるだろう。

石川淳の「ヂェラアル・ド・ネルヴァル」

武蔵野の雑木林に迷い込んだ「わたし」は、そこまで来てしまったのがネルヴァルのマントのなせるわざだと言い、次のように続ける。

（前略）曾て讀んだ或る本の中に「ヂェラアル・ド・ネルヴァルが長身に黒のソフト、黒のマントをひらひらと夜風になびかせ・・・・・」とあった。（後略）▼注2

この記述は多くの謎を含んでいる。ネルヴァルの身長は一六八センチ▼注3。一九世紀のフランスでも決して大柄とはいえないし、大柄と書いた著述を目にすることもない。また、ソフト帽に関しては、彼の縊死の状況を描いた文章の中に出てくることはあるが、マントへの言及はほとんど見かけない。では、石川の引用は本当にどこかの本にあったものだろうか。

日本で最初にネルヴァルを紹介したのは岩野泡鳴だとされている▼注4。彼は一九〇七（明治四〇）年、「佛蘭西の表象詩派」と題した一文を『新小説』に発表▼注5。その後、一九一三（大正二）年にアーサー・シモンズの『表象派の文學運動』を翻訳出版し、当時の文学界に決定的な影響を及ぼした。しかしそのどこにもネルヴァルの外観についての記述は見られない。ネルヴァルに言及したいくつかの著作の中で「山櫻」の描写に最も近いものは、一九三〇（昭和五）年に小川泰一がネルヴァルの縊死の姿として紹介した次のような描写だろう。「チャプリンのように摺切れた黒の禮服に、黒の山高を着けたジェラアル。▼注6」小川は当時フランスで発表され始めたネルヴァルに関する著作を丹念に読んでいたようで▼注7、それらを総合した成果だと思われる。しかし、こうした記述はフランスで出版された伝記類のほとんどどこにもなく▼注8、山高帽の色にいたっては誰もふれてはいない。従って、山高帽の黒い色自体、小川の筆の勢いから生み出されたものとも考えられる。さらにネルヴァルは一八五五年一月下旬厳寒のパリの街を外套もなくさまよい、その果ての自死であるという説が広く伝わっていた。従って、コートと帽子が同時に言及され、しかもそこに長身という誤りが含まれる石川の描写がどこかの本にあったとは考えにくい。つまり、問題の一節は引用ではなく、ジェラール・ド・ネルヴァルという名前を実体化するために考えられた、石川のレトリックによって生み出された姿と考えた方がいいだろう。

では、「ネルヴァルのマントのなせるわざ」と記す石川が喚起しようとするネルヴァルのイメージとは、どのようなものなのだろうか。アーサー・シモンズは、「これは世界を失つて、その人の靈魂を獲得した者の問題である▼注9」という一節からネルヴァル論を始め、象徴主義の先駆者であるという位置づけの下、夢想家、狂人という視点を強く打ち出す。その影響下で厨川白村は「近代神秘詩人の始祖」▼注10とし、ロンブローゾの『天才論』でも循環病を患った精神病患者とされ▼注11、中原中也もシモンズを引用しながらネルヴァルの狂気に注意を向けた▼注12。他方、シモンズの著作以前に執筆されていた小泉八雲のネルヴァル論でも、「狂へる浪漫主義者」▼注13という章題が与えられ、小林秀雄も「様々なる意匠」の中で「狂詩人」▼注14という言葉を当たり前のことのように用いている。また、狂気のイメージはネルヴァルの縊死と強く結びついており、「山櫻」出版と同じ一九三六（昭和一一）年、坂口安吾が牧野信一の死に際して著した追悼文の中には、次のような一節が見られる。「一八五五年一月二五日▼注15巴里で一人の牧野さんが首をくくって死んだ。ゲラル・ド・ネルヴァルのそれである。彼の絶筆となった小説オレリア（別名・夢と人生）で、「夢は第二の人生である——」という書き出しに始まる彼の生と知性との宿命的な分裂を唄った傑作だが、テオフィル・ゴオチェによれば、ネルヴァルの死は「夢が人生を殺した」のであった。▼注16」

こうした中で、中原と小林がネルヴァルについて言及した一九二九（昭和四）年に発表された小川泰一の書評は、当時のネルヴァル観を知る上で興味深い。小川は、前年に出版されたばかりのルネ・ビゼーによる伝記『ジェラール・ド・ネルヴァルの二重の生』を取り上げ、エドガー・アラン・ポーと共通する「幻想味」を指摘、「首くくりの詩人」「狂詩人」「象徴派の先駆者」といった定型的な表現を列挙した後、次のように論を展開する。「夢と現實との間に住んで、心は絶えず幻想に滿ちてゐながら、一度筆を執れば理性が戻つて来て、書く自己は他の自己の狂態を冷静に觀察して節度あり統制ある文體を物して行く。これは確に異常な存在である。Sylvie と Aurélia とは共にネルヴァルの變形された自叙傳として知れてゐる（後略）。▼注17」この記述の中で、とりわけ興味を引くことが二点ある。一つは、理性への言及。もう一つは、「オーレリア」と並んで「シルヴィ」に注目している点である。後に検討していくように、「山櫻」の中心に置かれた京子の死という意匠は、「シルヴィ」の意匠そのものである。また、石川の言うネルヴァルのマントは、全てが幻想に満たされた世界へではなく、幻想と現実の狭間に「わたし」を誘い込む。そうした二重性について、石川淳は、一九二四（大正一三）年にボードレールの「響應」について論じた文学的考察の中で、詩とは現実と幻想の響き合いの中でのみ発見されると述べていた。現実のみの作品も幻想のみの作品も認めないという論点から、ボードレールに関して次のように述べる。「彼はその現實生活に於いて一の詩人であり、彼の詩はその中より立ち上がる幻想が紙の上に落とした影である。（中略）現實を貫いて流れる一の感情生活があるとすれば、幻想はそれに對する客語として存在する。若し押し切つて云うならば、これは一つの表現過程である。例へば、一度地より生じた詩の萌芽を載せて天翔る飛鳥でもあろうか。▼注18」このように、幻想を現実の表現過程と捉え、その飛翔の根底に現実がなければならないと見なす作家にとって、アーサー・シモンズのみに依拠したネルヴァル像であれば、それほど興味を引かれる対象ではなかっただろう。むしろ、夢と現実、理性と狂気が交差する小川的なネルヴァル理解が、石川淳をネルヴァルに導いたのではないか。

実は、ネルヴァルにおける理知に最初に言及したのは、他ならぬボードレールだった。「響應」の詩人は、ネルヴァルの死の翌年（一八五六年）、エドガー・アラン・ポーに関する論考の中で、ネルヴァルは高い知性を持ち常に明晰であったと、当時としては驚くべき卓見を披瀝していた。しかもそのポー論を小林秀雄が一九二七（昭和二）年に翻訳出版しており▼注19、小川の論はそこからの影響を受けているとも考えられる。また、小林自身、狂詩人というレッテルを使いながらも、ネルヴァルを例に挙げるのは現実認識を論じた部分であり、「写実主義」を論じるために「オーレリア」の一節を引用したのだった。「この世のものであらうがなからうが私は斯くも明瞭に見た處を、私は疑う事は出來ぬ。▼注20」目に見えるものの現実性を疑わないという現実認識は、石川を深く捉えたはずである。さらに小林は、志賀直哉を論じた評論の中で、過敏な神経と理知について言及しながら、再びネルヴァルを取り上げる。「ジェラル・ド・ネルヴァルが、その恐ろしく鋭敏な神經の上に、「夢と生」なる燦然たる神經的架空の世界を築き得た所以は、彼が又恐ろしく神速に觀念的な頭を持つてゐたが爲である。彼の遊離した神經は、利用すべき觀念の無限な諸映像に不足を感じなかつた。▼注21」ここで小林は、ボードレールに基づき、狂気を究極の理知の表現と捉え、現実を超えた現実を感知する鋭敏な神経を中心に据えたネルヴァル像を提出している。

それに加えて、一九三二（昭和七）年にはマルセル・プルーストの「フローベルの文体について[注22]」が翻訳された。その中でプルーストは、ある一つの物質がそれまで失われていた記憶を一気に蘇らせるという「記憶の現象」について語る。そして、それを文学的に用いた大作家としてネルヴァルの名前を挙げ、とりわけ「シルヴィ」に言及、自分たちの作品を共に『心の間歇』と題することが可能であるとまで言う。その上でネルヴァルの狂気に関し、「文學批評の觀點から、諸映像間に於ける、諸概念間に於ける最も重要な諸關係の正しい認知を（そのうえ發見の意味を的確尖鋭にする認知を）存在させる状態をば、本来の意味で狂氣と呼ぶことはできぬ。この狂氣はゼラァル・ド・ネルヴァルの不斷の夢想が絶妙なるものになるような瞬間であるに過ぎないであろう。[注23]」と記す。こうした記述も石川淳のネルヴァルに対する興味を強めたに違いない。

従って、「山櫻」の著者がネルヴァルという名前で喚起しようとした文学的形象は、アーサー・シモンズによって定着された象徴主義の先駆者としてではなく、現実と幻想の重なりの上に作品を置き、現在と過去の記憶、夢と現の間で揺れ動く詩人という姿をしていたのではないかと考えられる。

ネルヴァル的意匠のアラベスク

現実から夢へと移行する狭間で過去の思い出が一気に蘇る。プルースト的に言えば「心の間歇」が、ネルヴァルの代表作の一つ「シルヴィ」の中心的な意匠を形作っている。その作品は、劇場の舞台に立つ女優への愛を胸に秘めた「私」の姿が描かれるところから始まる。そして、眠りにつく瞬間、幼い頃出会った少女アドリエンヌとの思い出が蘇り、「私」は彼女の成長した姿が女優ではないかという想いに捕らえられる。次にアドリエンヌが思い出されるのは、ある修道院で行われた宗教劇の中であるが、その現実性について次のように自問する。「此の顛末を辿りながら、私はそれが本當にあつたのか、或いは夢に見たのかと、自分に訊きたくなる。▼注24」この自問の言葉は、くっきりとした細部を伴って描き出された一つの思い出の現実性をあえて揺るがせる役割を果たしている。こうした趣向が「山櫻」と対応していることは、多くの論者が現実と幻想の境目のあいまいさを指摘していることからも明らかである。

しかしそれ以上に重要な点は、「山櫻」の結末における京子の死を突然思い出すという意匠である。「わたし」は、鞭を振るって池の水を打つ善作の姿を前に、籐椅子に座る京子の方を振り返り、彼女に声をかける。「その時はつと、さうだ、京子は去年のくれ肺炎で確かに死んでしまつてゐるのだ、全くさうだつた（後略）。」この覚醒のために、「わたしは襟元がぞくぞくしてその場に立ちすくんでしまつた。」という最後の一節が、深い余韻を作りだすことになる。この結末がネルヴァルの「シルヴィ」に由来することは、大いに考えられることである。アドリエンヌと女優の同一性を求め続ける「私」は、女優にその思いを打ち明け、否定される。その幻滅の後、物語の結末で、幼なじみのシルヴィに次のように告げられることになる。「可哀そうなアドリエンヌ！　あの人は聖《サン》S・・・の修道院で亡くなつたわ。一八三二年頃に。▼注25」最後に記されたこの年代が、修道院での劇の場面より前なのか後なのかがわからないよう多くの思い出が錯綜し重ね合わされているのだが、そのことによって、物語を締めくくる死の告知が大きな効果を生み出している。一九三六（昭和一一）年までに「シルヴィ」の翻訳が出版された形跡はないが、フランス文学の翻訳者である石川淳は当然フランス語で「シルヴィ」を読み得たはずであり、死の喚起というモチーフをネルヴァルから密かに譲り受けたとしても何ら不思議ではない。

「シルヴィ」だけではなく、「オーレリア」から引き継いだと思われる意匠もある。この作品に関しては、一九三三（昭和八）年から一九三四（昭和九）年にかけて「山櫻」と同じ『文芸汎論』から翻訳が出版されており▼注26、石川がそれを読んだ可能性は高い。しかし、それと同時に、フランス語の原文を読んでいたとも考えられる。「山櫻」の中で最も印象的な場面の一つは善太郎の顔に関する部分であろう。「ああ、そうだ、善太郎がゐたのだと氣がつきながらそのまゝ手をかけて小さな肩に縋つたが、この時顔と顔をひたと突き合せるや、どこの悪魔の不意打か、わたしはううんと恐怖の呻きを上げて奈落に陥るばかり顚倒してしまつた。今眼のあたりに見る顔はわたしの顔よりほかのものではないのだ。時々鏡の裡に見かける顔、まがふ方ないわたし自身の相好なのだ。」 顔をモチーフにしたこの恐怖体験は「オーレリア」第一部第九章の引き写しともいえる。その中で、「私」は敵だと思いなしている相手の男に飛びかかる。と、その男が振り返る。「おお、何という怖しさだろう！ 何という憤ろほしさだろう！それは私の面影、そつくり理想化され、擴大された私の姿ではなかつたか（後略）。▼注27」目の前に自分の顔が現れるという恐怖体験の類似は借用の証と考えてもいいだろう。その仮説を補強するように、辻野が「面影」と訳している部分、ネルヴァルの原文では「私の顔」mon visage▼注28と記されており、石川はより原文に近い形でネルヴァル的意匠を用いている。

「オーレリア」の中ではその直後、この顔の持ち主が「私」の分身であるという展開があり、小林秀雄が引用した一節が続く。「私は人間の想想《ママ》力なるものが、この世の中に、それとも他の世界に、眞實でないものを一つとして創り出しはしなかつたのを信じてゐる、そしてあんなに瞭《ありあ》りと見た彼の人物（原文では「見たもの」）について、私は些かも疑い得なかつたのである。▼注29」見たものの現実性を疑わないというこの確信は、ネルヴァルによれば、現実と超現実との対応によって支えられている。「私の思念の中で、地上の出来事が超自然界の出来事に一致し得るのをどう説明していいものかを私は知らない。それは明々白々に述べるよりも感じる方がはるかに容易いのである。▼注30」これはまさに「響應」的世界観であり、ネルヴァルは、可視と不可視の世界の対応を的確に表現している。

「オーレリア」にはその具体例も描かれている。かつて神秘の街に入ろうとした「私」は、ある男に脅されたことがあった。そして、今見ている夢の中では、手に武器を持った男によって打たれたという会話が記される。その男の顔は私の顔そのものであり、そのため私は恐怖の叫びを上げる。二つの次元を超えたこれら二つの挿話の対応が上の説明によって明かされたのだった。こうした「響應」の観点から「山櫻」を見るとき、二つの世界の対応が「打つ」という動詞で響き合っていることがわかってくる。物語の最後、乗馬服を着た善作は、「わたし」に背を向けて、鞭をふるい池の水の面を打ち続ける。その時に聞こえる「ぴしやりぴしやり」という音▼注31はすでに別の次元で鳴り響いていた。それは、「わたし」がエスパニヤ風の玄関を上った時に眼に入る善作の身振りに由来している。「(前略) わたしは頸を縮めたが、そのとたん善作の手は空にさつと弧を描いて振りおろされ、同時にぴしやりと云う音が響いた。」この二つの音の一致は、現実に近い次元と幻想と見なしうる次元で行われる二つの行為を対応させる効果を発揮している。しかも、饗応を補強するかのように善作の鞭で打たれる対象は、どちらも水のイメージを含んでいる。玄関を上った先でわたしの目に入った光景の中で、善作に鞭打たれるのは「人の生身」。「わたしは自分の耳朶を張りとばされたと同然、どきんと息をつまらせてふり仰ぐと、欄干の葉がくれにぶるぶる顫へる袂、しつとり水に濡れたような著物の主は、京子でなくて誰であろう。」後に、着物は「藍地に青海波」の模様という記述が付け加えられ、京子と水のつながりがさらに補強される▼注32。こうした対応は、ネルヴァル的に云えば、「明々白々に述べるよりも感じる方がはるかに容易い」ということになる。ネルヴァルのマントに誘われた石川淳は、一つの打つという行為が、一方の次元では京子の生身の体を、もう一つの次元では池の水を対象にするという趣向を凝らしたのではないだろうか▼注33。

石川淳的「低空飛行」

現実と対応する次元を超現実と名指せば、二〇世紀前半のシュールレアリスムの問題とつながる。実際、アンドレ・ブルトンは『シュールレアリスム宣言』の中でネルヴァルを彼らの文学運動の先駆者として称揚した▼注34。そのブルトンの『ナジャ』について、石川淳は簡潔ではあるが興味深い考察を行っている。石川にとって、いわゆる現実を超えた「超」現実等と云う必要はなく、全ては現実より他ないという。

「超」の翼が羽ばたきをした時、飛行機は雲のかなたに行くへを失い、地上に残つたものは無慙にも卑俗に近い感銘である。機は低空飛行をすべきではなかつたか。いや實際では、理論はどうであらうと作品は、すぐれた作品はそれを成しとげてゐるのだ。（中略）ここにあつては機の影があざやかに地上に照り返し、草木に行人に靄の如く落ちかかつてゐる。この影の色こそ、文學以外には現はし得ないところの執念くも美しいものである▼注35。

地上の卑俗を超越するのではなく、「低空飛行」をし、「影の色」を描き出すこと。一九三四（昭和九）年のこの文学的考察こそが、一九三五（昭和一〇）年の「佳人」以降の作品群への飛翔を可能にしたといってもいいだろう。実際、石川は「佳人」の最後で次のような創作論を展開する。

わたしの樽の中には此世の醜悪に滿ちた毒毒しいはなしがだぶだぶしてゐるのだが、もしへたな自然主義の小説まがひに人生の醜悪の上に薄い紙を敷いて、それを繪筆でなぞつて、あとは涼しい顔の晝寝でもしてゐようというだけならば、わたしはいつそペンなど叩き折つて市井の無頼に伍してどぶろくでも飲むほうがましであろう。わたしの努力はこの醜悪を奇異にまで高めることだ▼注36。

彼が目指すのは、現実をそのまま写し取ろうとする自然主義小説でもなく、超自然な幻想のみを対象にするのでもない▼注37。一つの次元を描きながら、もう一つの次元の影がそこに写り込むとき、「醜悪」が「奇異」にまで高められる。そこには、現実とも幻想ともつかない「影の色」の世界が展開することになる。「葦手」の「わたし」はそれを曼荼羅と呼ぶ。

わたしは元來飛行家の弟子なのだ。雲をも風をも低しと見て過ぎつつ厚みも重みもない世界へ入ろうとする離れ業はさることながら、わたしのもくろむのは低空飛行で、直下に現ずる此世の相をはためく翅に掠め取つて空《くう》に曼陀羅を織り成そうという野心を藏してゐるのだ。（後略）▼注38

「影の色」から「奇異」を通して「曼荼羅」へと石川の表現は異なっているが、彼は常に低空飛行の飛行家（の弟子）であり、目に見えるままを描き、それが現実でもあり、幻想でもあるような世界を織りなそうとする。

「山櫻」はこうした創作観に基づく奇異の曼荼羅であり、とりわけ視覚を中心に据えている。「わたし」は絵描きであり、山桜の下にいる結婚前の京子を写真機に写し取ったことがあった。また、これまでにも時々彼女の姿を描きかけ、さらには、今目の前にしているその姿をスケッチしようとしている。このエピソードは、すでに善太郎が二人の間にできた子どもだという暗示が示された後に出てくるものであり、京子に対する愛をより強く感じさせる役割を果たしている。「山櫻」の著者はそうした浮き世の情事を「通俗小説」という言葉で現し、市井の無頼生活の一端を描いていることを示す。確かに、そこで終われば、「人生の醜悪の上に薄い紙を敷いて、それを繪筆でなぞ」っただけにすぎない。しかし、道に行き暮れ、途方に暮れている「わたし」の前に生える草の上に、突然、善太郎の影がさすように、醜悪が奇異に変えられる。「わたし」はどのようにしても京子の顔を描き出すことができない。これまでも「獨り紙を伸べて京子の姿を描きかけることがあるのだが、いつも紙の上に印されるのは著物をきた女の形だけで、肝腎の顔の線はどう探つても満足に引かれた例《ためし》がな」かった。今、目のあたりにしている彼女も、「冷たい横顔は葉がくれに白くちらちらするばかりで、それさへ空の碧に融けがちの始末」である。それが、「首のない女の像」という直接的な表現を導き、しかも、目にしていたはずの京子はすでに死んでしまっているという結末が施される。石川の表現を用いれば、まさに醜悪が「奇異にまで高め」られているといっていいだろう。

風狂の詩情

「山櫻」の冒頭で、「わたし」は判りにくい道に迷い込い込み▼注39、武蔵野の林の中で草原に寝転び、晴れ渡った空の光を浴びてうつらうつらしている。この次元を出発点として、「わたし」は現実と過去の思い出、意識内の世界、幻想等の次元を行き来することになる。そうした多元的な世界へと彼を導くのがネルヴァルのマントである。どこかの本に記されていたというそのマントは、夜風に「ひらひらと」なびいていたらしく、その光景を思い浮かべると、「忽ち魔法にかかつたように體が宙に吊り上げられて、さあ、かうしてはゐられないぞと、ぢつと堪へるすべもあることか、眞晝深夜の別ちなく怪しい熱に浮かされて外へ駆け出してしまふ」ことになる。そして街に繰り出し、金策に走り、善三の家に向かう途中、道に行きくれる。その結果、

「わたし」は草の中に寝転ぶのだが、その時、中空を「ゆらゆら」とゆれる山櫻が目に入る。「これとてもネルヴァルのマント同様何のたわいもないことで、さきほど原中の道の岐れ目で一本の山櫻を見たと云ふだけの話である。」　この分岐点こそが、現実と幻想をつなぐ目に見えない境界線であり、「うつらうつら」している「わたし」はネルヴァルのマントや山櫻に誘われ、「幻に釣られつつ」、「浮かれ心持になり當もなくふはふはここまで迷いこんだ始末」だということになる。このように、「山櫻」で展開する世界では、ひらひら、ゆらゆら、ふはふはとした意識が生み出す形象がうごめいている。そして、その映像は、善作の鞭が空を切って「ひゆうひゆう」と鳴り響く音と、京子の死の突然の喚起が生み出す「ぴん」という音によって終止符を打たれ、「わたしの眼路のかぎりに立ち罩めた霧は今とぎれとぎれに散りかける。」「ひらひら」と舞うネルヴァルのマントに導かれた「わたし」は、「ぴん」という音によって覚醒へと向かうのである。読者はこうした擬音語の効果によって、視覚によって生み出された夢うつつの世界に導かれ、またそこから連れ出される。

その世界への入り口で、「わたし」は友人から渡された略図を頼りに、杖で地べたに「直線や曲線」を引いていた。地面に描かれるこのもう一つの地図は簡単などころではなく、むしろ、「その道をこれから辿らねばならなぬ身とすればそろそろ茫然としかける」という状態を作り出し、「山櫻」の世界が生成する。こうした直線と曲線について、石川淳はすでに次のように述べたことがあった。「現實を直線とすれば、幻想はそれと共に進む波状の曲線である。二者相合するところに光を發し、その光の中より詩が生まれる。▼注40」「山櫻」における風狂の詩情▼注41は、従って、まさに二つの異なった線が折り合わされたところに生み出されるといえるだろう。そして、その導きの糸が、「ネルヴァルのマントのなせるわざ」であるとすれば、ネルヴァルという名前が冒頭で四度反復されることも驚くにはあたらない。

注

▼1　鈴木貞美「『山桜』まで―石川淳作品史（二）」『日本近代文学』第三四号、一九八六年五月、七〇頁。杉浦晋「石川淳「山桜」試論」『東京成徳大学紀要』第二八号、一九九五年、三七頁。宮下直子「石川淳「山桜」論」『日本文学ノート』二〇〇二年一月、一六頁。

▼2　「山櫻」『文芸汎論』一九三六年一月、九五～一〇三頁。以下「山櫻」からの引用はこの初出版による。これ以降の異同については、『石川淳全集』第一巻（筑摩書房、一九八九年五月）所収「山櫻解題」（六六一頁）参照。

▼3　一八五四年のドイツ旅行の際に発行されたパスポート上に記載された数字。ルネ・ビゼーは『ジェラール・ド・ネルヴァルの二重の生』の中で「大柄というよりもむしろ小柄」と記し、アンリ・クルアールは『ジェラール・ド・ネルヴァルの悲劇的運命』の中で「中背」としている。René Bizet, *La double vie de Gérard de Nerval*, Plon, 1928., p. 18. Henri Clouard, *La destinée tragique de Gérard de Nerval*, Grasset, 1929, p. 10.

▼4　日本におけるネルヴァルの受容史に関しては以下の研究を参照。井村実名子「ネルヴァルはどのように紹介されてきたか（一）―一九三〇年までの書誌的考察―」『東京女子大学比較文化研究所紀要』第三六号、一九七五年一月、七九～九五頁、及び「ネルヴァルはどのように紹介されてきたか（二）―最近半世紀の書誌的考察―」『東京女子大学比較文化研究所紀要』第三八号、一九七七年一月、四九～八七頁。

▼5　四回に渡る連載の冒頭がネルヴァルの紹介に充てられている。『新小説』第一二年六巻、一九〇七年七月、五〇～五一頁。
▼6　「ネルヴァル年譜」『佛蘭西文學研究』第九輯、一九三〇年一一月、七八頁。
▼7　小川も記しているように、最も基本となるものは、Aristide Marie, *Gérard de Nerval. Le poète et l'homme*, Hachette, 1914である。
▼8　当時出版されたネルヴァル関係の著作の中では、アンリ・クルアールだけが黒い服に言及している。前掲書、二五一頁。
▼9　アサ・シモンズ、岩野泡鳴訳『表象派の文學運動』新潮社、一九一三年一二月、二三頁。
▼10　『近代文學十講』大日本図書、一九一二年三月、四七五頁。
▼11　ロンブロゾオ著、辻潤訳『天才論』一九一四年一二月、七〇頁及び一六四頁。
▼12　「ヂェラルド・ド・ネルヴァル」『社会及国家』一九二九年一〇月。『中原中也全集』第四巻、角川書店、二〇〇三年、一六～一七頁。
▼13　小泉八雲著、十一谷義三郎、三宅幾三郎訳『東西文學評論』聚芳閣、一九二六年五月、三九頁。ネルヴァルの章の最後に一八八四年二月二十四日の日付が付されている。
▼14　『改造』一九二九年九月号、一〇九頁。
▼15　実際には、一八五五年一月二六日未明。
▼16　「牧野さんの死」『作品』第七巻第五号、一九三六年五月一日。『坂口安吾全集　一四』ちくま文庫、一九九〇年六月、一八三頁。野口俊雄は、牧野信一の影響を石川の初期作品の中に見ている。『石川淳作品研究「佳人」から「焼け跡のイエスまで」まで』双文社出版、二〇〇五年八月、一四三～一四四頁。
▼17　小川泰一「ルネ・ビゼエの『ネルヴァル傳』」『佛蘭西文學研究』第六輯、一九二九年六月、二〇四頁。
▼18　石川淳「詩に関する一考察（其二）」『日本詩人』一九二四年一月、八五頁。初期の石川淳の文学的営為については、青柳達夫『石川淳の文学』笠間書院、一九七八年八月、五～三九頁参照。

▼19 「まだ最近の事である—今日は、一月廿六日だから丁度一年になる譯だが—賛嘆すべき卒直と、高い智慧とを有してゐた或る作家、而も斷じて精神に違常はなかつた作家（一八五五年に死んだジエラル・ド・ネルヴァン《ママ》を言ふ—譯者注）が、何者も障碍することなく、愼み深い態度で死んだ時、その死に方が餘り愼み深過ぎて、それが輕蔑だと見られた。そこで、彼の魂は、凡そ在る限り最も闇黒な街衢の中に解體される。」ボードレール、小林秀雄訳「エドガー・ポー」日向新しき村出版部、一九二七年五月、三〇頁。

▼20 小林秀雄「様々なる意匠」、一〇九頁。

▼21 小林秀雄「志賀直哉」『思想』一九二九年一二月、六七頁。

▼22 マルセル・プルウスト、久米文夫訳「フロォベルの文體について」『小説』第三号、一九三二年一〇月、二四六～二六一頁。初出は *La Nouvelle Revue française* 一九二〇年一月号。

▼23 前掲論文、二六〇～二六一頁。ちなみに久米文夫は、「シルヴィ」という固有名詞の題名を「頬白」と訳しており、ネルヴァルに関する知識のなさが明らかになっている。

▼24 ネルヴァル「シルヴイ」、中村真一郎訳『火の娘』青木書店、ふらんすロマンチック叢書、一九四一年八月、七八頁。

▼25 同前、一一七頁。

▼26 辻野久憲訳「夢と人生（オオレリア）」『文芸汎論』一九三三年四月～一九三四年一月。（一〇回連載）

▼27 「夢と人生（V）（オオレリア）」『文芸汎論』一九三三年八月号、四五頁。

▼28 Gérard de Nerval, *Œuvres compètes*, t. III, Gallimard, « La Bibliothèque de la Pléiade », 1993, p. 716. 一九三七年十月に発行される佐藤正彰訳『夢と人生―或いはオーレリア』岩波文庫では、「私の顔」（四一頁）と訳される。

▼29 前掲訳、四五頁。

▼30 同前、四五頁。

▼31 佐々木基一は『石川淳　作家論』（創樹社、一九七二年五月、八二頁）の中で、この音の生々しいリ

アルさに言及する。

▼32　京子と水のイメージのつながりについては、杉浦晋、前掲論文、三九頁参照。

▼33　野口武彦は『石川淳論』（筑摩書房、一九六九年二月、八八頁）の中で、石川淳における「聖母思念」の発端を「山櫻」の京子に見ている。他方、「オーレリア」も永遠の女性像の探求という側面を含んでいる。

▼34　フランスでの初出は一九二四年。

▼35　石川淳「Naja にふれて」『作品』一九三四年六月、八九頁。

▼36　「佳人」『石川淳全集』第一巻、一八六頁。

▼37　「既に幻想のみの詩を取らない私は、また、偏に現実にのみ即する詩を好まない。」「詩に関する一考察（其二）」八六頁。

▼38　「葦手」『石川淳全集』第一巻、二五一頁。

▼39　「道」の意味については、武智政幸「『山桜』論」『石川淳研究』三弥井書店、一九九一年一月、二一六頁参照。

▼40　「詩に関する一考察（其二）」八七頁。

▼41　井澤義雄は「山櫻」の詩情を「風狂のポエジー」と呼ぶ。『石川淳の小説』岩波書店、一九九二年五月、二一一頁。

小林秀雄における「事件」——「ランボオの問題」の場合

一九四七（昭和二二）年三月号の『展望』に、「ランボオの問題」と題された批評が掲載される▼注1。著者は、小林秀雄。彼は、第二次世界大戦終了の前後、批評活動を中止していたが、一九四六（昭和二一）年一二月「モオツアルト」を発表し、再出発を果たす▼注2。疾走するかなしさを持つ音楽家に捧げられたこの批評は、一九四三（昭和十八）年一二月、第三回大東亜文学者大会計画のため中国に渡ったおりに書き始めながら、結局、終戦後、母の死や水道橋駅プラットフォームからの墜落といった私生活上の事件に直面した後、書き上げられた作だった。『展望』のランボー論は、小林のこの新たな文学的活動の流れの中に位置づけられる。

小林がアルチュール・ランボーに関してまとまった文を公表するのは、一九三〇（昭和五）年一〇月に出版した翻訳『地獄の季節』の序文以来となる▼注3。そこで、彼は、「あばよ、私は別れる。別れを告げる人は、確かにゐる。▼注4」と記し、ある意味でランボーに（も）別れを告げていた。戦後、『展望』の批評の中でランボーを再び取り上げるのは、『ランボオ詩集』▼注5の再版という外的事情のためだったかもしれない。しかし、ランボーは小林秀雄の批評活動の原点であり、戦後、過去を総括して再出発するために大きな役割を果たしたはずである。

「事件」としてのランボー

「ランボオの問題」の冒頭の一節は、読者を強烈に魅了し、小林秀雄におけるランボー体験を語る際の原点として機能した。

僕が、はじめてランボオに、出くはしたのは、廿三歳の春であつた。その時、僕は、神田をぶらぶら歩いてゐた、と書いてもよい。向ふからやつて来た見知らぬ男が、いきなり僕を叩きのめしたのである。僕には、何の準備もなかつた。ある本屋の店頭で、偶然見付けたメルキュゥル版の「地獄の季節」の見すぼらしい豆本に、どんなに烈しい爆薬が仕掛けられてゐたか、僕は夢にも考へてはゐなかつた。(中略)豆本は見事に炸裂し、僕は、数年の間、ランボオといふ事件の渦中にあつた。それは確かに事件であつた様に思はれる。

実際、ランボーは小林にとって大変に魅力的な詩人であった。一九二四(大正一三)年に初めて『地獄の季節』を読み、その年の九月には、京都にいた富永太郎に「別れ」の一節を書き送っている。その後、小林の青春が「ランボオという事件」の渦中にあったことは確かであろうし、ここに書かれていることは現実の出来事を反映していると考えてもいいだろう。

しかし、それと同時に、自己の体験を文学的事件として語ることは、批評原理を物語化することでもある。彼は、事件を劇的に描き、事件の対象について語る。同様の批評形式は、「モオツアルト」でも用いられていた。

もう二〇年も昔の事を、どういふ風に思ひ出したらよいかわからないのであるが、僕の亂脈な放浪時代の或る冬の夜、大阪の道頓堀をうろついてゐた時、突然、このト短調シンフォニイの有名なテエマが頭の中で鳴つたのである。（中略）僕は、腦味噌に手術を受けた様に驚き、感動で慄えた▼注6。

突然ある出来事が頭の中で炸裂し、感動で満たす。この論理は、ランボーの場合も、モーツアルトの場合でも、共通している。伝記的事実に即して言えば、モーツアルト体験は、小林が長谷川泰子から逃れ、関西に住んでいた一八二八（昭和三）年五月から翌年春の間の出来事であり、ランボー体験の最後の時期と対応する。小林はここで、青春時代の私生活上の出来事と切り離せない文学的事件を再構築している。

ところで、突然の体験から説き始める批評形式は、戦中に書かれた「當麻」や「無情といふ事」にも見られる。

星が輝き、雪が消え殘つた夜道を歩き乍ら、そんな事を考へ續けてゐた。白い袖が翻り、金色の冠がきらめき、中将姫は、未だ眼の前を舞つてゐる様子であつた。（中略）突然浮んだこの考へは、僕を驚かした。（「當麻」▼注7）

（前略）先日、比叡山に行き、山王權現の邊りの青葉やら石垣やらを眺めて、ぼんやりとうろついてゐると、突然、この短文（一言芳談抄のなかにある文）が、當時の繪巻物の殘缺でも見る様な風に心に浮び、文の節々が、まるで古びた繪の細勁な描線を辿る様に心に滲みわたつた。（「無情といふ事」▼注8）

一九四二（昭和一七）年に記されたこの二つの体験は、ランボーやモーツアルト体験よりもずっと後に起こったことである。しかし、批評の形式としては、中将姫や一言芳談抄の方が早い時期に書き留められている。小林は、そこで用いた手法をより鮮烈な形にして「モオツアルト」で用い、「ランボオの問題」では、それを「事件」と呼ぶことで、突然の体験が引き起こす眩暈を見事に定着した。この眩暈とは、対象と自己が渾然一体と化した状態を指す。そこでは、自己を語ることが対象を語ることでもあり、その逆に、対象を語ることが自己の表現でもある。

そうした批評をさらに発展させた批評について、小林は、一九四六（昭和二一）年のある座談会の中で、次のような言葉で語っている。

真っ白な原稿用紙を拡げて、何を書くかわからないで、詩でも書くような批評も書けぬものか。例えば、バッハがポンと一つ音を打つでしょう。その音の共鳴を辿って、そこにフーガという形が出来上がる。あんな風な批評文も書けないものかねえ▼注9。

ここで言われている最初のポンという一つの音が、これまで取り上げた四つの批評文の突然の出来事である。それは現実の体験であるかもしれないが、生のまま記されているわけではなく、「事件」として位置づけられる。そして、その「ポン」から生み出されるフーガが、小林の夢見る批評ということになる。「當麻」や「無情といふ事」ではまだ手探り状態であったその形式が、「モオツアルト」の中では印象的な用いられ方をし、「ランボオの問題」に至り、完全な形で定着される。「文學とは他人にとつては何であれ、少くとも、自分にとつては、或る思想、或る觀念、いや一つの言葉さへ現實の事件である。と、はじめて教へてくれたのは、ランボオだつた様にも思はれる。」このように記すとき、小林秀雄は、過去の愛惜に動かされているのではなく、彼が夢みる批評の核となるものを提示しているのである。

ただし、「事件」の概念は、ランボーから直接学んだものではない。「ランボオの問題」の中で明かしているように、それはジャック・リヴィエールのランボー論に由来している。リヴィエールによれば、『イリュミナシオン』に収められた散文詩「献身」の冒頭の一節は、常ならぬものの存在を、ひっそりと読者に感知させ、この上なく感動的であるという。その詩句とは、次のようなものである。

妹ルイズ・ヴァナン・ド・ヴォランゲムに――北海の方に向いた彼女の青い尼僧帽《コルネット》。――難破者達のために▼注10。

リヴィエールは、このことばの配列を前にして、何かがそこに現前すると言う。右か左かわからないが、確かに存在する。その時、見る者（私）は一人ではなくなる。何かが私を発見し、私を見る。リヴィエールはこのように語り、ランボーの詩句が、見る者と見られる物という区別のない状態を現出させるとする。そして、この自他の渾然一体化した状態を描き出した後、次のように続ける。

これは、認識作用《ムウブマン・ド・ランテリジアンス》がその客體を詐して、それを捕へたのではない。精神が養分を取入れたのでもない。斷じて實驗などでもない。ただ、魂の一番奥底で、一種の事件が起つたのだ。金星のやうに、或る物が、突然、神秘的に輝き出したのである。ひとつの通知、ひとつの音信だ。思惟が不意に、その一番深部で掻き紊されたのである。（中略）私は手で觸知したものより、寧ろ自ら與つた表現し難い事件の方を受合ふのである▼注11。

リヴィエールによれば、ランボーの詩句が引き起こしたショックは、意識的な操作によるものではなく、知性では制御されない「一種の事件」une sorte d'évènemenet である。そのショックは、微細かもしれないが、突然、なぜかわからないうちに、読者を不意打ちする。小林は、リヴィエールと同様、妹ルイズ・ヴァアネン・ド・ヴォランゲム宛ての詩句を引用し、その上で次のような説明を加える。

彼（リヴィエル）は言ふ、不意に何處からともなく傳へられる音信が、自分の知覺に小さな混亂を起したと思ふと、魂の奥底で一種の事件が起つた（後略）。

ここで小林はあえて「事件」の種明かしをしている。そのことは、ランボーが魂の奥底で破裂する突然の「事件」が一九二四（大正一三）年の生の体験ではなく、一九四七（昭和二二）年における「批評の一形式」であることの印であろう。彼は、「過去を努めて再建」するように装いながら、実は、自己の批評の新たな模索を続けていたのである。

そうした小林の再出発が戦前の文学活動と断絶しているわけではないことも、確認しておく必要があるだろう。「當麻」等の例からもわかるように、突然の出来事から筆を始める批評はすでに存在していた。また、小林は、一九三六（昭和一一）年一〇月に発表したリヴィエールのランボー論の書評の中で、その批評家に最上の評価を与えている。

リヴィエルは、ランボオの詩に関するあらゆる主観論的解釈を排して、真っ直ぐに、ランボオの視覚の実在性というものだけを目指して歩き出す。（中略）リヴィエルは、殆《ほとん》ど自制を忘れて、直感力と分析力との絶妙に一致したその批評的才能を奔溢《ほんいつ》させている。自制を忘れた批評的才能という言葉がどんなに奇妙に聞えようが、そういうものはある。優れた批評家だけが経験する美しい危険なのである▼注12。

視覚の実在性は、初期の小林が繰り返し主張する主要な主題である。その上で、彼は、「自制を忘れた批評的才能」という「美しい危機」こそが、優れた批評家の本質とみなす。こうした表現は、ジャック・リヴィエールに向けられながら、同時に、小林秀雄自身が目指す批評の詩神（指針）でもあるだろう。

以上のように、みすぼらしい豆本の爆発という「事件」から新たなランボー論を語り始める小林は、青春時代のランボー体験を原点として形成された彼の批評原理を総括した上で、新しい批評の形式を創造しようと模索していたと考えられる。

マラルメとジャック・リヴィエール

若き小林は、ランボーの詩の断片性に着目すると同時に、斫断の対象となる自然（眼に見える世界）の生々しさと、その錯乱状態が引き起こす陶酔に眩暈を覚えた。その生硬な報告書が一九二六（大正一五）年の「人生斫斷家アルチュル・ランボオ」▼注13だといえる。他方、一九四七（昭和二二）年の『ランボオ詩集』に付された「後記」は、成熟した小林のことばでおだやかに語られる。そのような違いはあるが、しかし、基本的なランボー理解は共通している。「後記」でも、「雑多な異質の影像が、殆ど筋金入りとでも形容したい様な腕力で強引に連結され」ながら、「どうして磨かれない宝石の様に生硬な影像を掻き集めて、あの様な光を創り上げたか。▼注14」と自問し、断片の一貫性のない寄せ集めがランボーの詩の美を生み出すとしている。

さらに、ランボーの感覚が触れる生の世界についても言及される。その姿勢こそ、ランボーをサンボリストから隔てるものであると、小林は言う。

サンボリスムの詩の運動は、簡單に言つて了へば、「あゝ肉は悲し、凡ての書は読まれたり」といふマラルメの有名な詩句の語る哀愁の上に築かれた精緻な言葉の建物だと言へますが、ランボオには凡そこれほど遠い詩精神はないのであります。彼の詩には、ボオドレエルの憂鬱も、ヴェルレエヌの抒情も、ラフォルグの倦怠もマラルメの哲学も見当りません。彼の詩は、太陽の光や海の青さや額の汗や肌の臭ひや泥や糞や小便や、要するに潑剌とした生活人が掴んだ、驚くほど生ま生ましい物質の感覚で溢れてゐます▼注15。

ここでは、論文や批評と違い、驚くほど素直なことばで、ランボーの詩の性質を言い表している。実は、一九三〇（昭和五）年の『地獄の季節』に付した序文「Ⅱ」で、すでに、「ランボオ程、己れを語つて吃らなかつた作家はない。痛烈に告白し、告白はそのまゝ、朗々として歌となつた。吐いた泥までが晃めく。▼注16」と記していた。この泥の中身が、「後記」では、より具体的なことばを用いて解説される。小林がこれほど飾らずにランボーの詩の性質を語ったことばは、他にないだろう。

しかも、「驚くほど生ま生ましい物質の感覚」こそが、ランボーの詩をマラルメに代表されるサンボリスムの精神と隔てるものであるという主張は、「ランボオの問題」を理解する上で大変に興味深い。というのも、戦後のランボー論の導き手として、小林はマラルメを前面に置いていているからである。実は、一九三〇（昭和五）年の序文「Ⅱ」にも、「マラルメの所謂「途轍もない通行者」▼注17」という表現があり、小林が『ディヴァガシオン』に掲載されたステファン・マラルメのランボー論▼注18に目を通していたことがわかる。しかし、一九四七（昭和二二）年に再びランボーを論じる際、小林秀雄は、マラルメによる「ランボオを主題とするこの驚くべき散文詩」に全面的に依拠する姿勢を示し、その数節を引用する。こうしたマラルメ評価の姿勢は、先行するランボー論の時とは比較にならない。彼は、マラルメの主張を次の二点にまとめる。ランボーの詩形の不安定さは物の厳密な観察に由来すること。そして、ランボーとはロマン主義的な天才神話の一人物ではなく、ある普遍的な存在であるという点。そして、その視点に基づき、「夜明け」「大洪水後」から始め、「酔どれ船」「見者の手紙」『イリュミナシオン』『地獄の季節』を通して、ランボーの詩的世界に分け入っていく。また、「途轍もない通行者」という表現だけではなく、「古代の戯れの嚴密な觀察者」、「夢を放棄して、生き乍ら、詩《ポエジイ》に手術されるこの人間」等といったマラルメの用語を用い、ランボーを読者に印象付ける。それほどマラルメに依拠しながら、その批評文が序文「Ⅲ」として掲載される創元社版『ランボオ詩集』の「後記」で、マラルメとの差異に言及しているのである。

このことは、「ランボオの問題」における小林の力点が、マラルメ的な詩の原理を明らかにする以上に、「この世の果て、シンメリイの果て、旋風と影との國▼注19」の解明にあったからだと考えられる。そして、その国での導き手は、ジャック・リヴィエールだった。小林はリヴィエールによるランボー論についての書評の中で、「詩人千里眼」説に言及し、「視覚の実在性」を強調していた▼注20。昭和初年の彼自身の批評原理として、目に映るそのままの姿が実在であり、ベルクソン的な意味での純粋経験と対応すると考えた小林にとって、同じ状態を「他界」と名付けながら、ランボーの詩的世界を探索するリヴィエールの説は、深く同意できるものであったに違いない。「酔どれ船」について語る場面では、「彼の異様な視覺は、見たままを描いた」と記す。次いで、千里眼の手紙でも、「狂つて、遂には自分の見るものを理解する事が出来なくなろうとも、彼はまさしく見たものは見たのである。」という視覚の問題が中心的に扱われる。人間の目や耳といった諸器官は、すでに行為の功利性によって支配されているため、ある一定の秩序を持ってしか事物を捉えない▼注21。他方、ランボーは「奇怪なマテリアリスト」であり、「彼の全注意力は、客觀物とこれに觸れる僕等の感覺の尖端にいつも注がれてゐた」という。ここで使われるマテリアリストという言葉も、リヴィエールからの借用である。そして、ランボーの千里眼説とは、「僕等は、ただ見なければならぬ、限度を超えて見なければならぬ。」という純粋視覚に基づいていると考える。その純粋視覚の実験によって、認識の根拠が揺らいだ世界に到達するのだとすれば、詩人の見たものは、リヴィエールの言葉を使えば「他界」の風景と言い換えることができる。それを小林は「裸の事物」と記す。この「裸の事物」に衝突することこそ、ランボーという「事件」に他ならない。こうした考察を通して理解できるのは、「見ること」を中心に据えた小林秀雄の批評原理を、リヴィエールのランボー論の中に発見したということである。

さらに、マラルメの説も、同じ視点の中に組み込まれる。リヴィエールにおける「他界」、つまり、主観的な知性が統治する世界像から逃れた「外部の具象世界」、あるいは野人や動物の眼で見られた「自然」を、小林は、「古代」という名でも呼び、そこに「古代の戯れの嚴密な観察者」というマラルメの表現を結びつける。

その昔、未だ海や山や草や木に、めいめいの精靈が棲んでゐた時、恐らく彼等の動きに則つて、古代人達は、美しい強い呪文を製作したであろうが、ランボオの言葉は、彼等の言葉の色彩や重量にまで到達し、若し見ようと務めさへするならば、僕等の世界の致る處に、原始性が持續してゐる様を示す。僕等は、僕等の社會組織といふ文明の建築が、原始性といふ大海に浸つてゐる様を見る。「古代の戯れの嚴密な觀察者」、――嚴密なといふ言葉のマラルメ的意味を思ひみるがよい。

この引用の直前には、ランボーは「未知の事物の形を見ようとして、言葉の未知な組合せを得た」という記述が見られる。「未知の事物」、あるいはランボーが推参する「裸の事物」とは、別の言葉で言えば、「古代」の山川草木でもあり、「原始性」とも表現されうるが、それは「限度を超えて」見たものであり、功利的な感覚によって整理された世界観から見れば、錯乱した世界といえる。小林は、「古代の戯れ」という表現をそこに重ね合わせ、リヴィエールの展開する「視覚の実在性」とマラルメを接続させる。このマラルメの表現は、「詩によって手術された人間」のみが見出す「新しい状態」とも表現される。その意味では、マラルメの散文詩の研ぎ澄まされ、削り落とされた表現を、リヴィエールに従って小林が敷衍していると考えてもいいだろう。

同時に、ここでは、認識論が言語論と密接に関っていることにも注目したい。小林は、ランボーの「異様な視覚は、見たままを描いた」とし、詩とは「見た物を語る」ことであると記す。しかし、「未知の事物」を描き、それを語った言語表現は、通常の通話過程では雑音でしかない。「詩人の言葉は、電線に引つかかつた鳥の様に、通話をさまたげる。」と小林は言う。ランボー的言葉の錯乱は、「外部」の無秩序と混沌の写しであると同時に、読者を混沌と無秩序の中に投げ入れる。その根底にあるのは、言葉は「自然の實存や人間の生存の最も深い謎めいた所に根を下ろし、其處から栄養を吸つて生きてゐるという事実への信頼」である。ランボーの詩句は、功利的な知性にはこの上もなく「晦渋」であるが、しかし、その不可解さゆえに読者の認識の根拠を揺るがし、読者を存在の根源にまで導く。それは、古代人の呪文と同じ、魔術的な力を秘めている。このランボーの言葉に不意打ちされること、それが「ランボーという事件」の中核を形成する。

小林は、こうして、マラルメとリヴィエールのランボー論に則りながら、「ランボーの問題」に対して明快な解答を提出する。その基盤には、彼の批評を貫く「見ること」がある。ここでは、言語表現の晦渋を、見ることに由来する断片性や混沌と対応させ、読者論へと発展させているのである。

夜明けと飢渇

「ランボオの問題」の中で、マラルメの散文詩の主張を二つの点—厳密な観察と普遍的で純粋な存在—にまとめた後、ランボーの詩を具体的に辿っていく際、小林秀雄は、「夜明け」と「大洪水後」から論を始める。その理由はどこにあるのだろうか。

「夜明け」は、「俺は、夏の夜明けを抱いた。」で始まり、自然の中を歩き眠りに落ちる子どもの姿が描かれた後、「目を覺せ、もう眞晝だ。」で終わる。小林は、この詩を、ロマン主義的な主観主義—客観世界の否定—の暗いトンネルからの夜明けであると位置づける。この詩の中に記された、「夜明けと子供とは、木立の下に落ちた。」という詩句を、新たな世界観の幕開けと読み解き、「ランボオは、詩の為に、疑ひ様のない外部の具體世界を奪還した。」と考える。つまり、ランボーという詩人に、新しい時代の始まりを見ていることになる。また、「大洪水後」では、冒頭に描き出された、虹に祈りを捧げる兎の姿を取り上げる。大洪水によってそれ以前の世界の秩序が破壊され、世界は混沌に逆戻りする。そこでは、岩あふぎと釣鐘草がゆらめき、蜘蛛の巣がその間に張られ、空には虹がかかる。「この「大洪水」直後の人間の記憶」がどのようなわけかランボーの身体の中に入り込み、そのために、「彼は、詩を書き始めるや、もうこの唐突な事件に不安を感じてゐた様子である。」そして、その事件、つまり、原初の世界の中で兎が虹に祈りを捧げるという事件が、ランボーの初期詩篇の源であるとする。言うなれば、小林はランボーの詩の出発点を、これら二つの散文詩に見ているということになる。

ここで注目したいことは、現在の『イリュミナシオン』の編集とは異なり、小林が翻訳のために参照したメルキュール・ド・フランス版の作品集では、「大洪水後」は作品の巻頭に置かれてはいないということである。この版では、まず初期の韻文詩が置かれ、その後、第二部として散文詩が来る。その最初に「大洪水後」が位置する。また、「夜明け」は作品集の中頃にあり、決してランボーの詩の出発を告げるという位置付けはされていない。小林の時代、ランボーは『地獄の季節』の後、詩を放棄したと考えられていた▼注22。他方、創作の初期は韻文詩の時代であり、韻文詩から解き明かすのが一般的であった。小林は、そうした轍から抜け出し、彼自身がランボーの詩的世界の本質とみなす状態、つまり「夜明け」や「大洪水」で描かれる状態を出発点に置いた。このことは、「ランボオの問題」執筆時の小林秀雄の意識の反映ではないか。彼もまた、「いつ夜明けが來るのか誰も知らな」い状況の中で、「一匹の兎の祈り」を捧げようとしていた。

小林は、自己の体験としてランボーという「事件」を冒頭に置いたが、豆本が炸裂して破壊した物、つまり、爆発以前の状況についても語っている。ランボーに出会う前、彼は、ボードレールの『悪の華』という「比類なく精巧に仕上げられた球體」の中に閉じ込められており、「この不思議な球體には、入口も出口もなかつた。▼注23」という。この幽閉状態から小林を脱出させ、新たな世界に出発することを可能にしたのが、ランボーの豆本の爆発だった。もちろん、彼自身、この出発が「物語」であることは意識している。だからこそ、次のように記す。「斷つて置くが、僕は、過去を努めて再建してみたまでだ。ボオドレエルは、さような詩人ではなかろう。」ボードレールに対するこうした客観的な認識は、戦後の小林の醒めた意識を暗示している。ここでの彼の目的は、過去を再現することではない。マラルメやリヴィエールに則りながらランボーの根源的世界を展開することで、彼自身の原点に立ち戻り、そこから批評家としての再出発を描き出そうとしたのである。そのために、努めて過去を再建したと記したすぐ後に、『地獄の季節』の「悪胤」から、「夜は明けて」で始まる一文に言及したのである。ここでとりわけ注目したいのは、「夜が明けて、目の光は失せ、顔には生きた色もなく、行き合う人も、恐らくこの俺に目を呉れるものはなかつたのだ。」という詩句が、散文詩の一節の中段から切り取られているということである▼注24。このように夜明けのイメージを強調することは、「ランボオの問題」の小林が、新しい出発を希求していたことの証である。

しかし、まずは、夜明け前の状態を定着することが、過去の再建となる。ランボーという事件は、ボードレールの球体を破壊し、小林を次のような状態へと導く。

> 或る全く新しい名付け様もない眩暈が來た。その中で、社會も人間も観念も感情も見る見るうちに崩れて行き、言はば、形成の途にある自然の諸斷面とでも言うべきものの影像が、無人の境に煌めき出るのを僕は認めた。而も、同時に、自ら創り出したこれらの寶を埋葬

し、何処とも知れず旅立つ人間の、殆ど人間の聲とは思へぬ叫びを聞いた。

この破壊的なランボー体験は、小林の中で、富永太郎の死と分かちがたく結びついている。彼はかつて富永の思い出を語ったさい、ランボーの豆本が富永の遺体と共に焼けたと記した▼注25。富永の死と共に、ランボーは小林の思い出の中に封印された。その過去が、「今、鮮やかに蘇り、持續する。」この持続の中で展開されるランボー世界の探求は、ランボーの姿であり小林の自画像でもある影像を浮かび上がらせて終わることになる。

小林はランボーを、抒情詩の対極にいるマテリアリストとみなす。しかし、そのランボーの唯一の抒情詩と考える「涙」の全文を引用し、「ランボオの問題」の本論を終える。その詩の中で描かれるのは、故郷のオワーズ川で水を飲もうとする「俺」の姿である。その詩の中では、「俺は何を飲んだのか。（・・・）俺に何か飲めただろうか。」という自問が繰り返され、最後は、「泣き乍ら、俺は黄金を見たが、─飲む術はなかつた。」つまり、飲むことはできなかった▼注26という記述で終わる。小林はこの詩に、「飢渇といふ唯一つの抒情の主題」を見る。ここには、一般的な抒情詩に見られる、感傷や感情の横溢はない。故郷の自然に対する愛惜も表現されない。「俺」の肉体は、ただオワーズ川の流れに口を近づけ、飲もうとする。が、飲むことはできない。そこでは、ただ、「飢渇」にのみ焦点が絞られる。そして、小林は、水を求める肉体が誰なのか問いかける。

彼は、ランボオであるか。どうして、そんな妙な男ではない。それは僕等だ、僕等皆んなのぎりぎりの姿だ。

ランボーの豆本から富永の死に至る過去の再建が作り出す持続▼注27が、ここに至って、現在であることが明かされる。一九四七（昭和二二）年に再建している過去とは、実は、持続する今に他ならない。ランボーという事件は、若き小林秀雄ではなく、戦後すぐの小林秀雄を映し出している。「涙」の「俺」に関する上の記述は、そのことの証であろう。マラルメのランボー論について述べた部分の結論には、「彼は英雄譚や傳説の中の人物ではない、ランボオという名さへ偶然と思はれるほどの、或る普遍的な純潔な存在」と記されていた。「俺」は、ランボーでもあり、「僕等」でもある。その「僕等のぎりぎりの姿」とは、小林だけではなく、敗戦から復興に向かう日本の姿だといえる。「皆」は水を飲もうと渇望し、「飢渇」した小林も新しい出発へと向かおうとする。小林が抒情詩と位置づける「涙」には、そうした小林の自画像が映し出されているといってもいいだろう。

再出発

小林秀雄におけるランボーについて論じるとき、敗戦という事件を出発点として、いわゆる「ランボオ」Ⅰ、Ⅱ、Ⅲを同一平面上に並べる傾向にある。しかし、敗戦を経て、母の死の直後に書かれた「ランボオの問題」の視点から、最初のランボー論である「人生斫斷家アルチュル・ランボオ」を読み解こうとすれば、そこには必ずアナクロニスムが生ずる。「ランボオの問題」は、あくまでも一九四七（昭和二二）年の小林秀雄の問題意識に基づいて書かれた批評であり、そこには時代の反映が見られる。そのような視点から抽出されるのは、混乱の中で「飢渇」し、新たな何かを求める時代性であり、さらには新たな批評を作りだそうとする小林秀雄の姿である。ランボーの詩の中でも、「夜明け」が出発点とされ、自身の体験としてもボードレールという球体からの脱出を可能にしたのがランボーという事件であったとする。そこには、ランボーを辿り直しながら、再出発を目指す小林の姿が映し出されている。

注

▼1　以下、「ランボオの問題」からの引用は、全てこの初版による。奇妙なことに、記事の最後に一九四八年二月一六日という日付が記されているが、それは雑誌の発表年月日一九四七年三月と矛盾する。

▼2　江藤淳『小林秀雄』（講談社、一九六一年一一月）は、「モオツアルト」に関する記述で終わる。

▼3　その後も、『酩酊船』（白水社、一九三一年一一月）や『地獄の季節』（岩波文庫、一九三八年八月）の他、幾つかの雑誌にも翻訳を発表することはあるが、新たにランボー論を展開することはなかった。

▼4　三三頁。別れの直接の対象はランボーではなく、小林を取り巻く人々、つまり、長谷川泰子、ある

いは中原中也だったのかもしれない。しかし、小林の関心の中心がランボーを離れ、ヴァレリーやドフトエフスキーへと向かっていたことも事実である。そして、ランボーの影は、「眠られる夜」（『古東多万』一九三六年九月）や「おふえりあ遺文」（『改造』一九三一年一一月）等の中に反映されることになる。

▼5　小林秀雄訳『ランボオ詩集』創元社、一九四八年一一月。その序文の「Ⅲ」として「ランボーの問題」が再録された。

▼6　『創元』一九四六年一二月、四五頁〜四六頁。

▼7　『文學界』一九四二年四月号、二頁〜三頁。

▼8　『文學界』一九四二年七月号、二頁。

▼9　「コメディ・リテレール　小林秀雄を囲んで」『近代文学』一九四六年二月。『小林秀雄全作品　一五』新潮社、二〇〇三年、二九頁。

▼10　« A ma soeur Louise Vanaen de Voringhem : – Sa cornette bleue tournée à la mer du Nord. – Pour les naufragés. », *Œuvres de Arthur Rimbaud, - vers et prose-* préface de Paul Claudel, Mercure de France, 1924, p. 244. 引用は、辻野久憲訳『ランボオ』山本書店、一九三九年二月、一二七頁。

▼11　Jacques Rivière, *Rimbaud*, éditions KRA, « Vingtième siècle », 1930, p. 174-175. 引用は前訳書、一二七〜一二八頁。

▼12　小林秀雄「リヴィエルの「ランボオ」」『東京朝日新聞』一九三六年一〇月。『小林秀雄全作品　七』、二四四頁〜二四五頁。

▼13　『佛蘭西文學研究』第一輯、一九二六年一〇月、一九〇頁〜二〇六頁。

▼14　『ランボオ詩集』二八五頁。

▼15　同前、二八四頁〜二八五頁。

▼16　アルチュル・ランボオ、小林秀雄訳『地獄の季節』白水社、一九三〇年一〇月、二八頁。

▼17　同前、二九頁。

▼18 Stéphane Mallarmé, « Arthur Rimbaud. Lettre à Harrison Rhodes », *Divagations*, Fasquelle, 1897. 初出は、The Chap Book, 15 mai 1896.

▼19 « Aux confins du monde et de la Cimmérie, patrie de l'ombre et des tourbillons », *Œuvres d'Arthur Rimbaud*, pp. 294-295.『ランボオ詩集』一四〇頁。

▼20 前掲書評、二四四頁。

▼21 小林はここでベルクソンを引き合いに出し、人間は眼を持っているにもかかわらずどうやら見る、と記している。

▼22 現在のように『地獄の季節』の後で『イリュミナシオン』が書かれたと考えられるようになったのは、一九四九年に出版されたブイヤーヌ・ド・ラコストの『ランボーと『イリュミナシオン』の問題』以来である。Arthur Rimbaud, *Œuvres complètes*, édition d' André Guyaux, Gallimard, « Bibliothèque de la Pléiade », 2009, p. 939-943. を参照。

▼23 「ボオドレエルの詩は閉ざされたシステムだ。彼の詩中の一切は内部に向いている。」リヴィエール、前掲訳書、一三五頁。

▼24 『ランボオ詩集』一〇二頁。

▼25 『地獄の季節』序文「II」三一頁。

▼26 « Pleurant, je voyais de l'or, - et ne pus boire.», *Œuvres d'Arthur Rimbaud*, p. 286. 小林が、飲む術がなかったと訳している部分、原文ではより直接的に、飲むことが出来なかったとなっている。

▼27 「嘗て、僕の頭を掠め通つた彼の死相が、今、鮮やかに蘇り、持続する。」

「椿屋のさつちやん」の誕生——太宰治「ヴィヨンの妻」における詩的創造

太宰治の「ヴィヨンの妻」は、詩人大谷の妻であり、椿屋のさっちゃんでもある「私」の、「人非人でもいいぢやないの。私たちは、生きてゐさへすればいいのよ。▼注1」という、善悪の彼岸を指し示すような言葉で幕を閉じる。物語の冒頭、泥酔した夫が深夜帰宅し、いつになく優しい言葉をかけ、妻は嬉しいよりも、「何だかおそろしい豫感で、背筋が寒く」なる。他方、物語の最後で、その優しさの理由が、お金を盗んででも妻子に久しぶりにいいお正月をさせたかったからだという、種明かしがなされる。そして、「人非人でないから、あんな事も仕出かすのです。」という夫に対して、妻は先の引用のように答えるのである。戦後の混乱した社会を凝縮した椿屋の中で交わされるこの会話、とりわけ妻の最後の言葉は、猥雑で混沌とした現実社会に生きながら、そこにこそ詩的、文学的創造の場を定めた作家の希求を深く響かせている。

三界に身の置き所のないフランスの無頼詩人であれば、この小説の題名として、ヴィヨンではなくヴェルレーヌを選んでもよかったはずである。にもかかわらず、ヴィヨンとした理由はどこにあるのか。太宰のフランソワ・ヴィヨンに関する受容を探りながら、「ヴィヨンの妻」

を通して太宰がどのような小説の実現を目指したのか探ってみよう。

太宰とヴィヨン

太宰がいつヴィヨンの詩に触れたのか確定はできない。柏木隆雄は、一九三一（昭和六）年三月に刊行された佐藤春夫の詩集『魔女』に収められた「カリグラム」に、「こぞの　雪　今いづこ　（春）」というパロディーがあることを指摘し、太宰がその句を目にした可能性を暗示している▼注2。しかし、それ以前に、太宰は、フランソワ・ヴィヨンの名前と「こぞの雪」の詩句を目にしていたはずである。彼は、一四才のときから井伏鱒二を愛読し、一九三〇（昭和五）年四月に発行された井伏最初の短篇集『夜ふけと梅の花』（新潮社）を熟読したと述べている▼注3。その作品集に収録された「休憩時間」には、フランソワ・ヴィヨンという名前だけではなく、「こぞの雪いまいずこにありや▼注4」というスタンザが引用されている。その後、同年には東京帝国大学仏文学科に入学するのであるから、たとえ授業にはほとんど出席しなかったにしても、辰野隆や鈴木信太郎等を中心としたフランス文学研究の余滴に与った可能性は大きい▼注5。例えば、辰野は、一九二二（大正一一）年に出版された『信天翁の目玉』の中で、「實際に於いて佛蘭西の大詩人は三人だと云ふのが有力な説である。それは一五世紀にヴィロン▼注6、一九世紀にボオドレエルとヴエルレエヌと云ふのが先ず動かぬところらしい。」と記述している▼注7。また、一九二九（昭和四）年には佐藤輝夫の「ヴィヨン考―詩編年譜の試み―」が『佛蘭西文學研究』[▼注8]に、一九三〇（昭和五）年三月には鈴木信太郎のコキヤアル党に関する論考が「帝國大學新聞」[▼注9]に掲載されており、そうした論文や記事に目を通したことも大いに考えられる。

太宰がヴィヨンに直接言及するのは、「乞食学生」においてである。この小説には四箇所ヴィヨンからの引用があるが、それらは総て、山敷和男が言うように[▼注10]、一九四〇（昭和一五）年三月に出版された佐藤輝夫訳『大遺言書』[▼注11]によるものと考えてもいいだろう[▼注12]。一九三三（昭和八）年には、城左門、矢野目源一[▼注13]訳による『ヴィヨン詩抄』（椎の木社）[▼注14]の翻訳が出版されるが、太宰の援用した訳文とはかかなり異なっている。一九四〇（昭和一五）年七月一日発行の『若草』第一六巻第七号に発表された「乞食学生」第一回の冒頭には、「大貧に、大正義、望むべからず　―　フランソワ・ヴィヨン」というエピグラフが掲げられ、さらに、「古語調をもて詠めるバラード」の詩句が後半部分で引用される。また第六回[▼注15]においても、冒頭に、『大遺言書』の第二七節がエピグラフとして引用され、そのすぐ後、ヴィヨンに関して、「巴里生まれの気の小さい、弱い男」という紹介があり、次いで第二六節が引用される。そこで浮かび上がるヴィヨン像は、青春を無為のうちに過ごし、後年、そうした青春を後悔する詩人の姿である[▼注16]。

ところで、石原美知子は、「乞食学生」が出版される以前の一九三八（昭和一三）年秋、結婚を前にした太宰に、「フランソワ・ヴィヨンにたとへた詩のやうな拙いものを捧げた」ことがあり、その返礼として、「ヴィヨンの妻に」と題した本を贈られたという▼注17。美知子夫人や井伏自身が「休憩時間」に言及していないところを見ると、石原美知子は、帝国大学関係の出版物、あるいは、『改造』の一九三八（昭和一三）年八月号に掲載された鈴木信太郎の「ヴィヨン傳弄筆」を読み、「個性を最も強く表現し、近代的感情を横溢せしめた」フランス中世の叙情詩人に興味を持ったのかも知れない▼注18。鈴木の論考では、絞首刑にされた三人の男の挿絵が最初に置かれ、ナヴァル神学校の盗難事件が詳細に語られる他、「形見（分けの歌）」や「絞首罪人の歌」の翻訳が掲載されている。

もちろん、太宰自身が、『改造』の鈴木の記事に目を通したことも十分に考えられる。さらに、佐藤輝夫訳『大遺言書』の出版後、鈴木信太郎は佐藤の翻訳に言及した「ヴィヨン雑考」を、『改造』一九四〇（昭和一五）年四月号に発表する。そこでは、『疇昔《いにしへ》の美姫の賦』の数節の翻訳が示され、その中でも、女王によってセーヌ川に投げ込まれるピュリダンの挿話についての詳細な考察が行われている。佐藤輝夫が「さあれ古歳の雪やいづくぞ」と訳し、鈴木であれば「さはれさはれ　去年《こぞ》の雪　いまは何處《いづこ》」と訳すリフレイン▼注19を、太宰が引用することはない。しかし、その詩句が井伏鱒二の「休憩時間」の思い出ともつながり、さらに美知子から贈られた詩句とも重なることで、「フランソワ・ヴィヨンから得たイマアジュを核とする▼注20」作品「乞食学生」の執筆に至ったと考えられないこともない。しかも、彼は最も人口に膾炙した詩句ではなく、無為の青春を悔やむ詩句を引用することで、一九四〇（昭和一五）年における太宰なりのヴィヨン理解をはっきりと示している。さらに続けて言えば、ここで示されたヴィヨン像は、一九四七（昭和二二）年発行の『展望』三月號に発表される「ヴィヨンの妻」の大谷とはかなり距離があると言えるだろう。

ポール・ヴァレリーのヴィヨン論──作家と作品

「乞食学生」の後、太宰が直接ヴィヨンに言及することがないまま、「ヴィヨンの妻」へと至る。が、その間、日本におけるヴィヨンの受容は大きな進展を見た。一九四一（昭和一六）年一一月に鈴木信太郎の『ヴィヨン雑考』が創元社から出版された後、一九四三（昭和一八）年になると、ヴィヨンと関係する論考が次々に出版される。その中には、ピエール・シャンピオン著、佐藤輝夫訳の『フランソア・ヴィヨン生涯とその時代上巻』（筑摩書房）といった専門の研究書もあり、ヴィヨンの生涯と作品を克明に知ることもできるようになっていた[注21]。しかし、それ以上にここで注目したいのは、同じ年に出版された、『ヴァレリイ全集』第九巻（「作家論（一）」[注22]）所収の「ヴィヨンとヴェルレーヌ」である[注23]。

ヴァレリーの「ヴィヨンとヴェルレーヌ」は、同じ無頼の詩人でありながら、太宰がなぜヴェルレーヌではなく、ヴィヨンを選んだのかという問題のヒントとなる。ヴァレリーは、「兩者とも敬すべき詩人である。兩者とも悪童である。[注24]」と言い、ヴィヨンとヴェルレーヌの類似を列挙することから説き始める。しかし、論を進めるに従って、犯罪者としてではなく、詩人として見た場合、ヴィヨンの方がヴェルレーヌよりもはるかに近代的な詩人であり、「より明晰でピトレスクである。[注25]」とし、さらには、ヴェルレーヌは「ヴィヨンに較べて文學的である程度が少いやうに思はれる」[注26]とする。この評価の当否はともかくとして、処女作『晩年』の巻頭に収められた「葉」のエピグラフに、ヴェルレーヌの「撰ばれてあることの／恍惚と不安と／二つわれにあり[注27]」という美しい詩句を挙げた太宰が、一九四七（昭和二二）年にはヴィヨンという固有名を選択した一因が、ここにあるのではないだろうか。

太宰にとって、あるいは同時代の私小説作家たちにとって、生涯と作品の関係は、文学創造の根本的な問題であったはずである。ヴァレリーは、二人の詩人の生涯の部分的な類似を列挙したすぐ後、作品を鑑賞するためには、作者の生涯に関する知識は、有害ではないにしても、無益なものであると断ずる。実生活上の出来事が作品の素材になるにしても、「言はば何處にでもあるやうな最初の素材が何の役に立つであらうか、わたくしの心に觸れ・わたくしに羨望の情を起こさせるものは、それは才能であり、變形の能力であるからである。」それにもかかわらず、人々は、往々にして、作者の人生を知ることで、充足してしまう。

人々は、逆に作品から逃げ廻つてゐるのに、それとの接觸を避けてばかりゐるのに、その作者については、もうそれで能事足れりとするのである。またある作家の祖先とか、味方とか、敵手とか、あるひは職業とかの研究といふやうな廻り道に依つて、實は枝葉のことだけを追求して本質的なるものの身代りをさせて、それを巧みに外して、もつて能事終れりとするのである▼注28。

作品の背後に常に作家の私生活を探り、それで事足れりとする批評家や読者に対するこの批判は、太宰の胸にすっと落ちたに違いない。

ところで、以上の一般論を述べた上で、ヴァレリーは、ヴェルレーヌやヴィヨンの場合には、例外的と言っていいほど、作品と生涯が密着しているという。ただし、それは、正真の告白という意味ではなく、彼らの生きた時代の環境が詩に描き込まれているという理由に依る。ヴィヨンは、彼の仲間や生活空間の具体的な名称、さらには、「悪徳の郷で人の語る・移り易く且つ隠微な言語に所屬する多くの表現や用語▼注29」を詩の中で用いる。そのため、当時の現実の知識が、暗示の意味を解きほぐす際の手助けとなり、学者たちの研究がヴィヨン理解を進めることも確かである。そして、このような悪徳の生活に関する知識を知れば知るほど、一つの「心理的とでも言ふべき問題▼注30」が浮かび上がってくる。それは、犯罪へ向かう意志と詩的自意識が、一つの頭の中でどのように共存するかという問題である。「絞首刑に處せられるといふので戦々兢々としてゐる罪人が、風にゆすぶられ綱の先で崩壊させられる不幸な傀儡をして、素晴らしい詩句で歌はせる勇氣をどうして持つことが出来るのであらうか。▼注31」罪人であり、且つ一流の詩人であるという二重性は、ヴェルレーヌやヴィヨンに共通している。
では、二人の詩人の違いはどこにあるのか？　ヴァレリーによれば、ヴェルレーヌは、「最も美妙なる詩的音楽・最も新しい感動すべき言語韻律の作者▼注32」であり、パルナス派の詩人達に対する反抗として、「瞬間の最も音楽的な表現」を可能にする様式を探し求めていた。それに対して、ヴィヨンは、詩的制作そのものにより自覚的であるという。

わが國の詩歌の新しき時代の黎明と、中世詩法、即ち寓意と教化性と信仰主題の物語乃至は説話の藝術、かう言つたものの將に終らんとする時代に生存してゐたこと、ヴィヨンはある意味で、制作が制作自身で制作のためにあるのだといふ完全なる自覺に到達するやうな、極めて近き時代の方向に向けられてゐたと言へるのである。文藝復興とは、藝術のための藝術の誕生である▼注33。

ヴァレリーはヴィヨンの時代を、芸術の刷新期と位置づけ、それ故にこそ、ヴィヨンが自己の制作活動そのものに自覚的であったと考える。そして、そこに中世の詩人における現代性を見出す。
太宰治が、ヴァレリーの「ヴィヨンとヴェルレーヌ」を読んだという物的証拠はないし、現状では、もし読んだとしても、それがいつかということを特定することもできない▼注34。しかし、一九四五（昭和二〇）年以降、新しい時代に向かおうとする移行期の中で、「本気に「小説」を書こうとして書いた▼注35」と太宰自身が言う「ヴィヨンの妻」の構想に当たって、大きな役割を果たしたのではないか。彼自身、敗戦後の文芸復興に向けて歩み出そうとしていた。そして、その際の導き手として選んだのは、ヴェルレーヌではなく、ヴィヨンであった。それは決して偶然ではない。

「ヴィヨンの妻」において、フランソワ・ヴィヨンの名前が出てくるのは、一度だけである。主人の借金返済に心を痛めながら、あてもなく電車に乗った妻が、雑誌の広告で、大谷の書いている「フランソワ・ヴィヨン」という論文の題名を目にし、理由もなくつらい涙を流す場面がそれである。それ以外に、語り手である女性とフランスの詩人とをつなぐ接点があるようには見えない。逆に言えば、詩人大谷の放蕩が直接的にヴィヨンの生涯と重なるようには描かれていない。

確かに、いくつかのエピソードや細部で、太宰がヴィヨンに関する情報を利用したと思われる部分がある▼注36。椿屋から五千円を盗む挿話、それがクリスマスの時期であること等は、一四五六年のクリスマスの頃ヴィヨンがナヴァル神学校に忍び込み、五百エキュを盗み出した事件を思い起こさせる。大谷の三〇才という年齢は、『大遺言書』の冒頭の「わが齢まさに三十の年に」に対応する。また、さっちゃんが次第に悪人ばかりだと気づく椿屋は、ヴィヨンが属したコキヤアル党の集団の溜まり場を連想させもする。そうしたことを念頭に置きながら、東京帝国大学のフランス文学教授であり、史実に忠実に文学的事象を詳細に研究することを旨とした渡辺一夫は、太宰の作る大谷像とヴィヨンの生涯との対応が希薄であるとみなし、「一五世紀のフランソワ・ヴィヨンはもっと素朴のようでした。」等と批判したのであろう▼注37。

しかし、太宰の意図は、作品の裏に作者の実人生を探り出し、それで事足りとする批評家や読者を彷徨わせることにあったのではないか。ヴァレリーが「ヴィヨンとヴェルレーヌ」で言うように、実際に起こった出来事に基づいたとしても、それを変形する言葉や形象こそが、詩的創造なのである。従って、ヴィヨンという固有名を使いながらも、一五世紀の詩人の実人生を再現してみせようとはしない。また、それと同時に、「ヴィヨンの妻」の裏に、作者である太宰自身の影を追い求めるような読者も煙に巻こうとしたのではないか。大谷は、椿屋の主人の口から語られるうわさ話では、男爵家の次男であり、若い時代に石川啄木に匹敵するような詩を既に物し、帝大出。しかも、酒癖が悪く、女に手が早い。また、「男には、不幸だけがあるんです。いつも恐怖と、戦ってばかりゐるのです。」とか、「僕はね、キザのやうですけど、死にたくて仕様が無いんです。」という大谷の言葉は、作者である太宰自身の口から出てもおかしくはない。しかし、小説は決して作者の告白ではない。大切なことは、ヴァレリーの言葉を借りれば、「眞個の詩的創造▼注38」なのである。太宰は、あえてヴィヨンという名前を冠した作品を生み出しながら、中世フランスに生きた無頼の詩人の生涯を再現しようとはしない。むしろ、人生と作品を分離することで、太宰自身の実人生と作品との間に置かれた距離を暗示しようとしたのではないか[注39]。大谷は、ヴィヨンでもないし、太宰でもない。それは、一個の文学的創造物に他ならない。

花田清輝のヴィヨン論――猥雑と敬虔と

ヴァレリーの文学論とともに大きな役割を果したと考えられるのが、同じ年に発表された花田清輝の「楕圓幻想」[注40]である。この論考は、「楕円幻想―ヴィヨン―」と題名にヴィヨンの名が付され、多少の改変を施された上で、一九四六（昭和二一）年一〇月出版の『復興期の精神』[注41]に収められる。そして、同じ月に発行された佐藤輝夫訳『ヴィヨン詩』[注42]とともに、その年の十二月頃から太宰が再びヴィヨンを想起させる作品を執筆し始める、直接的なきっかけとなったと考えられる。

花田は、ヴィヨンについて、「下界における楕円の最初の発見者」とし、次のように言う。

このフランスの詩人の二つの焦點を持つ作品「遺言詩集」は、白と黒、天使と悪魔、犬と猫、―その他、地上においてみとめられる、さまざまな對立物を、見事、一つの構圖のなかに纏めあげてをり、轉形期における分裂した魂の哀歡を、かつてないほどの力づよさで、なまなましく表現してゐるやうに思はれる[注43]。

さらに、ヴィヨンは三界に身の置き所のない人間であり、大いに無頼であるとした上で、魂が二つの極に引き裂かれた代償として、楕円の美を表現しえたのだと説く。

ひとは敬虔であることもできる。ひとは猥雑であることもできる。しかし、敬虔であると同時に、猥雑であることのできるのを示したのは、まさしくヴィヨンをもつて嚆矢とする。なるほど、懺悔の語調で、猥雑について語つたものはあつた。嘲弄の語調で、敬虔について語つたもののないではなかつた。とはいへ、敬虔と猥雑とが、──この最も結びつきがたい二つのものが、同等の権利をもち、同時存在の状態において、一つの額縁のなかに収められ、うつくしい効果をだし得ようなどとは、いまだかつて何びとも、想像だにしたことがなかつたのだ▼注44。

花田的表現によれば、猥雑と敬虔のどちらかを排除するのは、円の使徒である。他方、ヴィヨンは、最初に「楕円」を描いた。それは、まさに、この詩人が、二律背反を内包した楕円を描く絶好の機会である「転形期」を生き、それを作品の中に現出させたからであろう。戦後、秩序が混沌とし、それゆえにこそ再生が可能な時代、太宰治は、「完全な楕円を描く絶好の機会」という花田の声に呼応して、猥雑でありながら敬虔な小説を産み出そうとしたのではないだろうか。

その意味で、太宰が『復興期の精神』を読んでいたという花田自身の証言は興味深い▼注45。

実際、「ヴィヨンの妻」の中で太宰が産み出した形象には、背反するものの共存が見られる。ここではまず、椿屋から見ていこう▼注46。椿屋の来歴は、借金の返済を迫る居酒屋の主人が大谷の妻に訴える言葉の中で語られる。それは、戦中から戦後にかけて、闇の酒を売買等し、悪の世界と境を接しながら生き抜いていく、貧しい庶民の姿の写し絵である。「人間の一生は地獄でございまして、寸善尺魔、とは、まつたく本當の事でございますね。（中略）人間三六十五日、何の心配も無い日が、一日、いや一日あつたら、それは仕合せな人間です。」という言葉には、市井で生きる普通の人々の実感が籠もっている▼注47。他方、ヴィヨンの属する悪党集団の巣窟に対応するようなこの居酒屋は、さっちゃんにとっては救いの場でもある。小金井の家の「荒涼たる部屋」に籠もる妻の姿は、居酒屋の夫婦の目にも、「二十、六、いやこれはひどい。まだ、そんなですか?」と映るほどみすぼらしい。しかし、椿屋で働くことになるや、「私」の生活は、「今までとはまるで違つて、浮々した樂しいもの」になる。そこに行けばいつでも大谷に会うことができ、「一緒にたのしく家路をたどる事」もしばしばで、妻は夫に、「とつても私は幸福よ。」と打ち明ける。さらに、大谷の盗んだ五千円がクリスマスの日には返済できるという「奇跡」の場でもある。このように、椿屋は、悪所でありながら楽園でもあるという、二面性を有している。

詩人大谷にも、同様の二極性がある。彼が最初に椿屋に来たときには、物静かで上品な様子をしている。また、彼を居酒屋に連れてきた秋ちゃんに言わせると、華族の出であり、高学歴の上に、才能にあふれた詩人らしい。それにもかかわらず、盗みを働き、妻から、「どろぼうの夫です。」と言われる。また、家庭を顧みないで放蕩の日々を送りながら、帰宅すると、ぽろぽろと涙を流し、妻の体を固く抱き締め、「ああ、いかん。こはいんだ。こはいんだよ、僕は。こはい！　たすけてくれ！」と、情けない姿を曝したりもする。確かに、自堕落な生活の中で人の心を打つ詩を産み出す詩人という無頼派的形象は、ヴィヨンやヴェルレーヌとも共通するものであり、妻との会話の中で示されることばを除いては、ありふれたものといえるだろう。しかし、ここでは、彼の中に聖と俗が共存することを確認しておこう。

「ヴィヨンの妻」の主な語り手である「私」の二面性は、とりわけ精巧に構築されている。一見すると、彼女はマイナスの要素で満たされている。四才になる子どもは発育が不全で、時には「わが子ながら、ほとんど阿呆の感じ」がする。夫は不倫と借金を繰り返し、家は崩壊。こうした外的な状況の他に、彼女自身でも、猥雑な振る舞いを進んでするようになる。例えば、夫が盗んだ金を返す当てもないのに、椿屋のおばさんに、「自分でも思ひがけなかつた嘘をすらすらと」言う。お客から下品な冗談を投げつけられても、それに負けないげびた受け答えをする。椿屋のさっちゃんとして、犯罪者ばかりの居酒屋のお客にたじろぐ風を見せず、出版社の矢島さんに向かって、「大谷さんみたいな人となら、私は一夜でもいいから、添つてみたいわ。私はあんな、ずるいひとが好き。」等と、あけすけなことさえ口にするようになる。このように、大谷の妻は、猥雑な状況に染まっていく。そして、その先に、詩人志望の男に対する親切の果ての暴行事件である。椿屋の主人の「人間の一生は地獄」という言葉が、「私」の闇の側面を一言で言い表している。しかし、「私」はそのような闇の中でも、光を見いだす力を失わない。椿屋の主人が夫の不倫や泥棒を暴き立てる言葉を聞きながら、思わず笑ってしまう。夫がたとえ他の女性といようと、椿屋で働いていれば会うことができ、幸福を感じる▼注48。そして、何よりも、店の客に乱暴された将にその日、出勤した中野の店で、「コップに午前の陽《ひ》の光が當つて、きれいだと思」う。ここにあるのは、人生とは、きれいな円で描かれるものではなく、聖と俗の楕円からなっているという認識であろう。

このように、「楕円」という視点を通すとき、「ヴィヨンの妻」が二つの極に基づいて構成されていることがはっきりと見えてくる。

田辺元と無の実存主義―自由のヴァイタルフォース

二極性に基づく「ヴィヨンの妻」の中で、一方の極が猥雑な世間であるとすれば、もう一つの極は、最終的には、神に他ならない。実際、大谷と妻が交わす言葉の中心的な主題は、まさに神の問題である▼注49。大谷は、生まれたときから死にたくてしかたがないが、なかなか死ねない。それは、「へんな、こはい神様みたいなものが、」死ぬのを引き留めるからだと言う。また、彼がいつも恐怖と戦い、恐くて恐くて仕方がないのは、「この世の中の、どこかに神がゐる」ことだと妻に打ち明け、「ゐるんでせうね?」と確認を求める。こうした大谷の姿は、太宰の律法的キリスト教受容の反映とみていいだろう。それに対して、妻は、「私には、わかりませんわ。」と応え、肯定とも否定ともつかない返事をする。そして、彼女自身が深い悲しみに襲われたとき、「神がゐるなら、出て來て下さい!」と、不知の虚空に向かって叫び声を上げる。この言葉は、神の存在を確信している夫とは対照をなす妻の姿を浮かび上がらせる。彼女はここで、神の存在に対して未決の姿勢で臨んでいるようにみえる。

妻と夫の対立に関する考察を進める上でさらに興味深いのは、「私」の次の言葉である。

トランプの遊びのやうに、マイナスを全部あつめるとプラスに變るといふ事は、この世の道徳には起り得ない事でせうか。

ここで彼女が自問する逆転は、太宰が「ヴィヨンの妻」執筆中に読み、共感したという、田邊元の論文「實存の單獨性と無の社會性―キェルケゴールを中心として―[注50]」に由来するのではないか。田邊は、第二次世界大戦中に首都陥落を経験したフランスと戦後の日本との荒廃を重ね合わせながら、両国に共通する状況を、「自己の立つところの地盤が空無に歸し去つたときに、空虚、虚無の氣分が人心を襲ひ包[注51]」みこんでいるとみなす。そして、サルトルの「無の実存主義」は、敗戦の苦痛に直面し、そこからの転換、復興を説いているのだと考える。つまり、「運命の窮迫に陥つて一切壊滅の「無」に直面しながら、なほ自ら進んで此運命を選び取り、自己の存在を自らの決斷によつて決定する實存の自覺を主張する思想。▼注52」ここで転換の鍵となるのは、自らの選択、決断の結果として実存が成立するということである。

単なる虚無主義において全てを否定するという場合、否定する主体自体は否定の対象にはならない。一方、実存主義は、そこに留まらず、自らの存在をも無に委ね、「否定する自己」を否定する「絶対無」まで達する。無の自覚があるとすれば、それは、自己が単に否定されただけではなく、その否定を通じて再び自己の存在、つまり実存が回復されたからに他ならない。「無の實感自覺があるのは、それだけ自己が單に否定し去られるのでなく、否定を通じて再び自己の存在を回復せられた證據である。▼注53」つまり、実存とは無に媒介された自覚存在であり、他方、実存によって初めて無が実感される。そして、その実感こそが、無から有への転換を促す。「自己存在の境位たる世界が、今や全面的に崩壊して空虚となり、一切存在が虚無に歸し無に轉ずるその無の分裂性轉換性が、更に無そのものをも轉じて反對に有に向はしめ、無の灰燼の中から再び有を燃え上らせ、無の廢墟から存在を復興再起せしめる結果が、實存たるのである。」▼注54　こうした無から有への転換の思想に共感したであろう太宰が▼注55、自分の小説の主人公に、マイナスからプラスへの逆転を口にさせたとしても驚くには当たらない。また、無を徹底させるという意味で、大谷の妻にマイナスの要素が多く割り振られていることも当然といえる▼注55。

「ヴィヨンの妻」の中で最も心を打つ転換は、負を多く背負った妻が椿屋のさっちゃんという魅力的な存在として生まれ変わることである▼注57。その点について、田邊の論考をもう一歩追ってみよう。彼は、転換が自由に基づくと考える。無はどこまでいっても無であり、有になることはない。無は有を媒介として働き、逆に有は無を原理とし、無を媒介として生じる。田邊はそれを「他力即自力」と呼ぶ。そして、そこに「自由」を説く。

無の他力にはたらかされることが、自己以外のいかなる他の存在によつても制約せられず自己の決斷によつて行爲するといふ意味に於いて自由である。實存こそ自由の主體である。實存の自由行爲によつて、無の轉換が媒介せられる。無の轉換復活の成立する廻轉軸こそすなはち自己實存たるのである▼注58。

この自己の決断という自由に基づく行為こそ、大谷の妻が椿屋のさっちゃんへと変身する原理であり、そこにこそ、「ヴィヨンの妻」の魅力が潜んでいる▼注59。家に籠り、夫の帰りを待つ生活を送っていた妻は、借金の返済のために椿屋に赴き、そこで働くことを自分の選択として決心する。その時点から彼女の行動は自由な意志によって決定され、そのことによって田邊の用語に従えば、「實存」となるのである。これこそ、本質的な意味でのマイナスからプラスへの転換と考えてもいいだろう▼注60。つまり、彼女が神に呼びかけた、マイナスを全部集めるとプラスに変わらないのかという悲しい叫びは、神によってではなく、自分自身の自由な決断によって実現されたといえるのである。

そうした「私」の姿は、夫との対比によって、作品の最後にくっきりと描き出される。夫は、神の存在に怯え、社会一般の倫理観に束縛され続けている。そのため、妻との会話の最後に、自分を「神におびえるエピキユリアン」と呼び、自分の窃盗を妻子に対する思いやりからだと主張することで、ある新聞紙上で彼に投げ掛けられた「人非人」という非難を否定する。ここで彼は、快楽主義者であるかもしれないが、神を恐れる人間であり、決して故意に人に悪を働くことはないという、彼なりの倫理観を披瀝している。こう言ってよければ、彼は律法的キリスト教理解に束縛され続け、彼自身の詩句として妻の口から語られる「文明の果ての大笑ひ」を実践できていない。それに対して、「椿屋のさつちやん」となりえた「私」は、通常の道徳を超えた言葉で、夫にこう応える。

「人非人でもいいぢやないの。私たちは、生きてゐさへすればいいのよ。」

椿屋で俗にまみれたさっちゃん、神の存在を否定も肯定もしない詩人の妻、そのような語り手の「私」の立ち至った究極の認識が、「生きてゐさへすればいい」という言葉に込められているといえるだろう。彼女は、罰する神や既成の倫理観から解放された自由を自ら選びとり、無から有への転換を成し遂げた。「ヴィヨンの妻」を締めくくる最後の言葉は、「ヴァイタルフォース（活力）」を持つ存在である女性の姿をはっきりと浮かび上がらせている▼注61。

太宰は、「ヴィヨンの妻」の執筆にあたり、終戦後の物質的、精神的な廃墟からの復興、復活を意識していたに違いない。そのために、フランスの詩人ヴィヨンの名前を暗示的に用い、犯罪者でありながら詩人という二極性を喚起し、その上で、マイナスからプラスへの転換の可能性を暗示した。そして、その回転の中心には「私」が置かれ、妻から「椿屋のさっちゃん」への変身が新たな生への希望を描き出した。「ヴィヨンの妻」の魅力は、ヴィヨンの生涯や太宰の実人生との対応を離れ、復興期を生きる自由な存在の誕生を描いた、真個の詩的創造となりえたところから発している。

注

▼1　「ヴィヨンの妻」からの引用は、『展望』一九四七年三月號に依る。

▼2　柏木隆雄「「ヴィヨンの妻」の周辺」『太宰治研究』一五 和泉書院、二〇〇七年六月、二六頁。

▼3　『井伏鱒二選集』第一巻「後記」、筑摩書房、一九四八年三月、二二三頁。

▼4　井伏鱒二『夜ふけと梅の花（新興芸術派叢書）』新潮社、一九三〇年四月。初出は「新青年」第一一巻第二号、一九三〇年二月一日。

▼5　太宰と辰野の関係については、出口裕弘『辰野隆　日仏の円形広場』新潮社、一九九九年九月、一一七頁〜一三一頁参照。
▼6　日本において、ヴィヨンの名前は最初ヴィロンと発音され、記されていた。鈴木信太郎『ヴィヨン雑考』創元社、一九四一年一一月、二五六頁〜二六一頁。
▼7　辰野隆『信天翁の目玉』白水社、一九二二年三月、七九頁。同書の千九百十八年五月の章では、なぜ悪党が学位を取れたのかという問題が、シエルモアズ殺人事件とからめながら語られている（九二頁〜九六頁）。
▼8　『佛蘭西文學研究』第七輯、一九二九年一二月、一頁〜五二頁。ちなみに、『佛蘭西文學研究』第二輯のノートの項目では、フランシス・カルコ著『ヴィヨン物語』が紹介されている。
▼9　鈴木信太郎、前掲書、三九頁〜五二頁に採録。
▼10　「ヴィヨンの妻論」『批評と研究　太宰治』芳賀書店、一九七二年四月、二九四頁〜三〇六頁。
▼11　弘文堂書房、世界文庫。この本の装丁は、後に壇一雄が『小説　太宰治』の中で語っている、「青い何処かの文庫本」という記憶と合致している。
▼12　第一〇次筑摩書房版『太宰治全集』第三巻の「乞食学生　解題」に掲載された、山内祥史による太宰の引用文と佐藤訳の比較表参照。
▼13　池内紀は、『ヴィヨンの妻・人間失格ほか』（太宰治映画化原作コレクション二、文春文庫、二〇〇九年五月）の「解説」の中で、大谷のモデルが矢野目源一であると述べている。しかし、「ヴィヨンの妻」が矢野目源一をモデルにした小説であることの具体的な証明は何も行われていない。
▼14　日夏耿之介、矢野目源一、城左門訳『巴里幻想譯詩集』（国書刊行会、二〇〇八年八月）の中の一編として再刊。
▼15　一九四〇年一二月一日発行「若草」第一六巻第一二号。
▼16　米田幸代「太宰治「乞食学生」論―〈中期〉の決意と喜劇的手法と―」『同志社国文学』第五一号、

二〇〇〇年一月、二四頁〜三六頁。
▼17　前出『太宰治全集』第八巻に付された、山内祥史による「解題」、四三〇頁参照。以下、「ヴィヨンの妻　解題」と記す。
▼18　鈴木信太郎が「ヴィヨン雑考」（『改造』一九四〇年四月号）の中で言及した、ヴィヨンを主人公とした『放浪の王者』等を見ていた可能性もある。
▼19　一九三七年九月に出版された日夏耿之介訳詩集『海表集』（野田書房）の中では、「さはれ故歳の雪やいづくぞ」と訳されている。ちなみに、日夏訳はロゼッティによる英訳からの重訳である。
▼20　山内祥史、前出「乞食学生　解題」。
▼21　ベディエ、アザール共編『フランス文学史』第三巻（創元社、一九四三年六月）、及び、サント・ブウヴ選集』第一巻「中世及び十六世紀作家論」（実業之日本社、一九四三年八月）等。
▼22　筑摩書房より一九四三年一月に出版。「ヴィヨンとヴェルレーヌ」の訳者は佐藤輝夫。
▼23　服部康喜「フランソワ・ヴィヨン」『文学批評　敍説』第一二号、「特集（太宰治）の系譜学」一九九五年一一月、四四頁〜四五頁参照。
▼24　同前、三頁。
▼25　同前、四〇頁。
▼26　同前、四三頁。
▼27　この訳文は、堀口大學『ヴエルレエヌ研究』第一書房、一九三三年三月、四七二頁からの引用と思われる。山田晃「恍惚と不安」『国文学　解釈と教材の研究』一九六七年五月号、六九頁〜七五頁参照。
▼28　ヴァレリー、前掲書、七頁。
▼29　同前、一三頁〜一四頁。
▼30　同前、三四頁。
▼31　同前、三四頁〜三五頁。

▼32　同前、三八頁。
▼33　同前、四三頁〜四四頁。
▼34　太宰におけるヴァレリーの言及に関しては、鶴谷憲三「太宰治とヴァレリー」『国文学　解釈と鑑賞』一九八三年六月号、一二四頁〜一二九頁参照。
▼35　「ヴィヨンの妻　解題」四二八頁。
▼36　荻久保幸「太宰治　ヴィヨンの妻」『国文学　解釈と教材の研究』一九六九年六月、八四頁〜八八頁。山敷和男、「ヴィヨンの妻論」前掲論文集。山内祥史「『ヴィヨンの妻』―大谷について」『現代国語研究シリーズ二　太宰治』尚学図書、一九七九年六月一日三〇頁〜三五頁。猪熊郁子「『ヴィヨンの妻』論―その倫理性の所在をめぐって」『日本文学研究』第一九号、一九八三年一月、一六五頁〜一七五頁。田辺保「ヴィヨンと太宰治」(『太宰治研究』八、和泉書院、二〇〇〇年六月、二〇〇頁〜二一〇頁。
▼37　渡辺一夫「シニスムについて」『渡辺一夫全集』第一〇巻、筑摩書房、一九七〇年七月、三三三頁。初出は、『文明』一九四七年七月号。太宰が渡辺の皮肉に対して「如是我聞」の中で激しく反撃したことは、よく知られている。
▼38　ヴァレリー、前掲書、一四頁。
▼39　田中実は、『ヴィヨンの妻』を太宰の私小説＝告白小説とする「太宰神話こそ、まず〈作家〉太宰自身が激しく否定してかからねばならない対象であった」と主張する。「〈他者〉という〈神〉―『ヴィヨンの妻』―」『国文学　解釈と鑑賞』一九九〇年七月号、一六四頁。
▼40　一九四三年一〇月発行『文化組織』第四巻第六号一五頁〜二〇頁。
▼41　我観社発行。
▼42　青朗社、一九四六年一〇月五日発行。
▼43　花田清輝『復興期の精神』、三二〇頁〜三二一頁。
▼44　同前、三二二頁〜三二三頁。

▼45　この証言は一九六一年のものである。第一〇次筑摩書房版『太宰治全集』（第八巻、一九九〇年八月）「ヴィヨンの妻　解題」、四三〇頁〜四三一頁。他方、花田は太宰に対してあまり肯定的とは言えず、一九四八年一〇月に発表された「『桜桃』について」と題された書評の中で、「戦後、かれは、そういう自分に、猛烈な自己嫌悪をおぼえ、「ヴィヨンの妻」を書いたりしましたが、もはやかつての奔放な魂を呼び起こすことはできませんでした。」（花田清輝『七、錯乱の論理、二つの世界』講談社学術文庫、一九八九年一〇月、三〇六頁）と記している。

▼46　ここで語られる人物像、社会像は、服部康喜が指摘するように、自立的な客観性を有しているものではなく、語り手の心情の反映である。服部康喜「「ヴィヨンの妻」―逸脱する〈語り〉」『活水論文集．日本文学科編』第四三号、二〇〇〇年三月、一頁〜一二頁。

▼47　大谷の妻も、さっちゃんとしてその店で働くうち、お客がみんな犯罪者であることに気づくようになったと語ることになる。さらに、道で見かける誰もが、何か後ろ暗い罪を隠しているようにさえ思えてくるとさえ言う。ここで描かれる社会状況を、山内祥史は、「戦後の荒廃した「國の姿」を、截然とたちきった横断面」と見なしている。前掲論文、三三三頁。

▼48　彼女が働いている様子を、「くるくると羽衣一まいを纏つて舞つているように身軽く立ち働き」と太宰は描く。この部分、小山清が最初、「独楽鼠のように」と言ったところ、太宰が「羽衣一まい」と続けたという。「ヴィヨンの妻　解題」四二七頁。

▼49　太宰におけるキリスト教、及び神の問題にはこれまでにも多くの論考がなされてきた。基本的な考察については、東郷克美編『太宰治事典』（学燈社、一九九五年五月）「キリスト―聖書」の項目参照。

▼50　一九四六年発行『展望』一一月号、二頁〜五〇頁。

▼51　同前、三頁。

▼52　同前、二頁。

▼53　同前、六頁。

▼54　同前、六頁。

▼55　「ヴィヨンの妻　解題」四二八頁〜四二九頁参照。田邊元はこの論文の後半で、「おのれの如く、汝を愛すべし」という聖書の言葉にも論を進めている。その部分も太宰の注意を引いたはずである。

▼56　山崎正純は「受動性の物語の枠組み」について語る。「「ヴィヨンの妻」―「妻」は語ることができるのか」『国文学　解釈と鑑賞』二〇〇七年一一月号、一六九頁〜一七四頁。

▼57　田中実は、前掲論文の中で、ナルシシスムの輪の中で全ての女性を自己の母として非対象化してしまう大谷に対して、さっちゃんが初めて彼にとっての〈他者〉となりえたとする。また、吉岡真緒は語りの考察を通して、「私」の変身について論じている。「太宰治「ヴィヨンの妻」論　語る「私」への変容」『活水日文』第三十三号、一九九六年九月、一頁〜十一頁。

▼58　同前、七頁。

▼59　「私」の変身や自由については以下の論考の中でも言及されている。東郷克美「ヴィヨンの妻　―作品の構造　神なき誠実の行方」『國文學　解釈と教材の研究』一九七四年二月、一二〇〜一二五頁。渡辺芳紀『ヴィヨンの妻』」『国文学　解釈と鑑賞』一九七五年一二月、一一九頁〜一二五頁。

▼60　山内祥史は、「私」の心の主体性について述べながら、「現在のマイナスは将来のプラスにつながっているという弁証法、人間精神の変革についての、作家太宰治の予感」が作品の核心を成していると見なす。「ヴィヨンの妻の〈妻〉　人間精神の変革をとらえた太宰文学」『キリスト教学校教育』一九七七年一〇月一五日。

▼61　太宰は、「ヴィヨンの妻」執筆途中の一九四七年一月四日、来訪したある新聞記者に対して、「女はヴァイタルフォース（活力）をもつてますよ。いま僕らに一番必要なのはヴァイタルフォースですよ。」と語ったという。「ヴィヨンの妻　解題」、四二八頁。戦後の太宰が女性の強さをテーマとしたことについては、斉藤宏「『ヴィヨンの妻』試論」『国文学　解釈と鑑賞』一九八八年六月号、一〇四頁〜一一〇頁参照。

◉初出一覧

フランソワ・ヴィヨンと富永太郎、芥川龍之介、井伏鱒二

※書き下ろし

詩人と批評家─中原中也と小林秀雄のことば

※『言語と文化』第一五号、二〇一二年三月発行、一三〇（一）頁～一一六（一五）頁。

小林秀雄　ランボー　ヴァレリー─斫断から宿命へ

※書き下ろし

「間抜ヶ野郎ヂェラルド」─ジェラール・ド・ネルヴァルを通して見る中原中也

※『國語國文』第八〇巻第一二号・九二八号、二〇一一年一二月発行、一頁～一四頁。

ネルヴァルのマントに誘われて─石川淳「山櫻」における風狂の詩情

※『國語と國文學』平成二三年八月号、二〇一一年七月発行、四三頁～五五頁。

小林秀雄における「事件」─「ランボオの問題」の場合

※書き下ろし

「椿屋のさつちやん」の誕生─太宰治「ヴィヨンの妻」における詩的創造

※山内祥史編『太宰治研究』第一九号、和泉書院、二〇一一年六月発行、七二頁～九一頁。

■著者プロフィール

水野　尚（みずの・ひさし）

関西学院大学文学部教授。慶應義塾大学文学研究科博士課程単位認定退学。パリ第12大学（クレテイユ）文学博士。著書に『物語の織物　ペローを読む』（彩流社、1997年）、『恋愛の誕生　12世紀フランス文学散歩』（京都大学学術出版会、2006年）、*Nerval, l'écriture du voyage*,Champion,2003、*Nerval Poète en prose*,Kimé,2012（出版予定）、フランス現代詩における俳句の影響を探った論考 « Fumée parfumée. Le Haïku et la poésie du vide（「香る煙。俳句と空無のポエジー」）»（*Le Haîku en France. Poésie et Musique*,Kimé,2011 所収）等がある。

言葉の錬金術　ヴィヨン、ランボー、ネルヴァルと近代日本文学

2012（平成24）年10月1日　初版第一刷発行

著　者　水野　尚

発行者　池田つや子

装　丁　笠間書院装丁室

発行所　笠　間　書　院

〒101-0064　東京都千代田区猿楽町 2-2-3

電話　03-3295-1331 Fax 03-3294-0996

振替　00110-1-56002

ISBN978-4-305-70600-3 C0095
Copyright Mizuno 2012
モリモト印刷・製本
乱丁・落丁本はお取り替えいたします。 http://kasamashoin.jp/